昨日の僕に あなたは恋する

昨日《きのう》の僕《ぼく》にあなたは恋《こい》する

きたざわ尋子《じんこ》
ILLUSTRATION：北沢《きたざわ》きょう

昨日の僕にあなたは恋する

LYNX ROMANCE

CONTENTS

昨日の僕に
あなたは恋する

気がついたら一年たってたなんて、簡単に信じられることじゃないと思う。

だって普通に自分の部屋のベッドで目が覚めたんだ。いつも通りだった。ただちょっとだけ、長い夢を見た気がするなぁって思ったくらいで。

とにかく僕はさっき目が覚めて、眠い目を擦《こす》って枕元のスマホを見て、まだ六時じゃんって安心しながら指紋認証でロックを解除した。してから、ふと気がついた。あれっと思ってスマホを二度見した。

僕のスマホじゃなかった。機種は一緒だけど、色が違う。僕のは黒のはずで、こんな濃いめのブルーじゃない。でも指紋認証で解除できちゃってるのが謎《なぞ》……。

一応中身を確認してみたら、確かに僕のだった。主なやりとりは従兄弟《いとこ》と、友達と、弟みたいなやつの三人。

なんで色が違うんだろうって考えても、まったくわからない。待ち受けが変わってることも不思議だったし、メッセージのやりとりも覚えがないことばかりで気味が悪かった。

メッセージを遡《さかのぼ》って読もうかと思ったけど、なんだか他人のプライベートを覗《のぞ》くみたいな後ろめたさを感じてやめた。

「……とりあえず情報収集」

自分の部屋なことは間違いないから、机まわりとか見て……しばらく固まってしまった。

だって西暦がおかしい。これ来年じゃん。元号らしきものも全然知らないやつだし。なんだこれ、僕の創作？　いや、なんで元号創作しなきゃいけないんだ。理由がないだろ。

「そうだ、テレビ」

贅沢《ぜいたく》なことに僕の部屋にもテレビはあるから、急いでつけてみた。

一昨日《おととい》の昼に大きな事件があったみたいで、ほとんどのチャンネルがその話題で持ちきりだ。

「知らない……」

初耳だった。だから信じられない。各局がこぞって取り上げているような二日前の事件を知らないだなんてあり得ない。ニュースは見出しだけだけど毎日チェックして、気になるのだけ読むようにしてるし。

一年後の世界とか、ファンタジーかＳＦじゃん。

ってことで、現在僕は信じられない状態に陥ってるわけだ。

でもこれが本当だと仮定すると、春に高校を卒業して大学生になって四ヵ月ちょっとのはずが、現在大学に入って二度目の夏休み中らしい。

「……だよね？」

誰に聞いてるんだろう。思わず自分に突っ込みたくなった。

でも確認したくなる。僕が確かに僕だってことさえ自信がなくなりそうなんだ。

名前は東谷理玖《ひがしたにりく》。もちろん男。シングルマザーだった母親を十二歳のときに亡くしてそれから施設で育って、高校三年の夏に父親だって人が現れて引き取られた。そのときに名字も変わって東谷になった。

でもいまは広い一軒家で一人暮らし。っていうのも、お父さんは僕がここに来て一年もしないうちに亡くなっちゃったからだ。僕的には二ヵ月とちょっと前のことなんだけど、たぶんプラス一年前なんだろうな。

「……そうだ、リビングのテレビも……」

意味があるとは思ってないけど、このテレビ以外も確認したくなった。急いで部屋を出て、階段を駆け下りる。音なんて気にしない。どうせこの大きい洋館に一人暮らしなんだし。

緩やかにカーブする広い階段を下りた先は玄関ホールで、その横に観音開きのドアがある。飛び込んでテレビをつけた。やたらと広いリビングに見合ったでっかいテレビには、やっぱり事件のことが映し出されてた。

一つだけ別の話題に移ってたところもあったけど、それも僕が知らないハリウッドの大作映画のことだった。

「三週連続一位って……」

映画ならついこのあいだ観に行ったけど、こんなのやってなかった。行く前に友達となに観ようかって話してたんだから、こんな話題作が候補に挙がらないはずないのに。

ますます頭が混乱して、リビングの真んなかで突っ立ったままテレビを見てた。内容なんてもう頭に入ってこなかった。

「おはよう、理玖。朝からテレビなんて珍しいな。どうした?」

「え?」

いるはずのない人の声に驚いたけど、ぼんやりしてたせいか反応がちょっと鈍くなってしまった。

なんでこの人がいるんだろう。

彼――東谷瑛司《えいじ》さんは僕の従兄弟だ。父親のお姉さんの息子で、うちから車で十分くらいのところにあるマンションで一人暮らしをしてる。ここに泊まるなんて一度もなかったのに……。

「それに時間もずいぶん早い」

「……あの、なんで瑛司さんがここに?」

当然の疑問だったはずなのに、瑛司さんは怪訝《けげん》そうな顔をした。

いやいや、そういう顔をするのはこっちだから。

立ったまま瑛司さんの返事を待ってるのに、なんだか難しい顔をしてじっと僕のことを見てくるだけだった。

やっぱり苦手だ。眉間に縦皺《たてじわ》寄ってるのがデフォルトみたいな顔とか、不機嫌そうな雰囲気とか淡々とした態度とか、すごく苦手。威圧感が半端ない。顔がきつめに整ってるから、そんなふうに感じるだけかもしれないけど。

あと身長高くて体格もわりといいとこなんかも威圧感の原因かな。あ、やっぱりそれは違うか。身長とか体格は問題じゃない。僕の友達に同じくらいの高身長がいるけど、瑛司さんみたいに感じたことはないし。

そんな瑛司さんが急に深い溜め息《たいき》をつくから、思わず身がまえてしまった。

「なるほど、記憶が戻ったというわけか」

「はい？」

いま、なんて？

「この一年のことは、まったくわからないということかな」

「いや、あの……なんの話……」

「説明する」

「あ、はい」

座れと手振りで言われて、すとんとソファに座った。部屋の広さとかテレビの大きさに見合ったソファで、布張りのちょっとクラシカルな感じ。普通のよりも長めで深くて、僕のサイズだったら四人くらい余裕で座れるし、揃《そろ》いの肘掛け椅子《いす》もコの字型に二脚配置されてる。つまりなにが言いたいかというと、座るところはいくらでもあるってことだ。

隣り合って座る必要なんて、まったくないはずですよね。なのにこの人、僕のすぐ隣に座ったよ。なぜ？

「いまから一年と十一日前だ。大学に入って初の前期試験を終えて浮かれていたらしい君は、歩きスマホが原因で駅の階段から足を踏み外して転落、頭を打って意識不明のまま救急搬送された」

「え？」

「そして半日後に目を覚ましたときには、おおよそ二年分の記憶を失っていた。いわゆる逆行性健忘というものだった。十八歳の大学生のはずの君は、十六歳の高校生だと主張したわけだ」

「あ……」

言われた途端にその場面——落ちた瞬間のことが頭に浮かんだ。といっても途中までだけど確かに記憶にある。

歩きスマホの危険性を身をもって知るとは……。いや、普段はしないいんだよ。あのときはちょっと急いでたし、近くに誰もいなかったからいいかな、って。

「君が置かれた状況を鑑みて、事件性がないかどうかの捜査がなされた。防犯カメラに一部始終が映っていて、君は一人で勝手に足を滑らせて落ちたことが確認された」

「そ……そう、ですか」

相変わらずチクチクくるなぁ。この人の言い方って棘《とげ》があるっていうか、こっちのことを馬鹿《ばか》にしてるというか、言わなくてもいいようなことが付け足されるんだよね。たぶん僕のことが嫌いなんだろうなぁ。理由はわからないけど。

それにしても、記憶喪失かぁ……。正直信じられないんだけど、それなら説明はつくかも。

「ちょっと待ってろ」

そう言ってリビングを出て行った瑛司さんは、一分もしないうちに戻ってきた。白い紙を何枚も持ってる。

で、やっぱりすぐ隣に座ったよ。思わず僕がちょっと離れるみたいに座り直したら、片方の眉だけぴくっと上がったから、とっさにすみませんって言いそうになった。

無言の圧がすごい。うう、怖い……。

びくびくしてると、瑛司さんはソファの足下に転がってたバッグを拾った。全然見覚えないんだけど、それって僕のなのかな。だってどう考えても瑛司さんが持つようなバッグじゃない。キャンバス地の斜め掛けのだし。

「まずは財布の中身を確認しようか」

「あ、はい」

バッグを開けると、出てきた財布は馴染《なじ》んだやつだった。現金はいつも入れてるくらいの額で、コンビニのレシートが一枚入ってた。日付は……やっぱり、僕の感覚でいうと一年後だった。

それから学生証と交通系のICカード、キャッシュカードとクレジットカード、後はポイントカードが何種類かと保険証。それから……。

「診察券……」

行ったことがないはずの、でっかい総合病院の診察券だった。

「君が救急搬送された病院だ。以来、定期的に通ってる。そしてこれは外科の担当医と神経科の医師による診断書になる。こっちは家族宛ての注意事項だ」

診断書にざっと目を通して、ようやく納得した。確かに事故から遡って二年くらいの記憶がなくて、自分のことを高校二年生だと思ってる状態だったみたい。注意事項っていうのは、退院後にこういう症状が出たら来院しろとか、一ヵ月くらいはこんなことに気をつけろとか、それ以後も気にかけろとか、そういうことが書いてあった。それと、記憶が戻った場合に考えられるケースについても。

記憶が戻ったら、逆にそのあいだのことが消えてしまうケースが多いらしい。僕の状況が、たぶんそれなんだと思う。

「納得したか？」

「し、しました」

「なら、あらためて確認しよう。事故後から昨日までのことは、まったく覚えていないんだな？」

「そうです」

「なるほど。そうか……」

あれ、ちょっと溜め息まじり？　顎《あご》のあたりに手をやって、なにか考えてる感じ。

こうして見ると横顔綺麗《きれい》だなぁ。めちゃくちゃ格好いいのは前から、っていうか最初に会ったときから知ってたけど、本当に顔立ち整ってるんだよね。

従兄弟なのに、まったく僕と似てない。顔もだけど、骨格から違う感じがする。このあいだ、じゃなくて一年とちょっと前に死んだお父さんも病気になる前はこんなふうだったらしい。瑛司さんのほうがよっぽど僕の父親に似てると思う。

「あのー……それで瑛司さんはなんでここにいるんでしょうか……？」

さっきからずっと疑問に思ってたことを聞いてみる。そうしたら、ぐりんって音がしそうな感じで瑛司さんがこっちを向いた。

「そうか、そこからか」

「す……すみません。説明、してください」

出来の悪い生徒みたいな気分になってきた。いまの瑛司さんって、なんでこんな基本もわかってないんだって呆《あき》れてる先生っぽかった。

「頭の怪我《けが》のこともあって、同居人がいたほうがいいだろうと判断したからだ。記憶もなくしていたしね」

「それは……なんか、すみません。あ、でも記憶戻ったし、一年たってなにも問題ないみたいだから、もう大丈夫です」

だから瑛司さんは遠慮なく一人暮らしに戻ってください、とはさすがに言えないけど、そういう気持ちを込めて言ってみた。

瑛司さんは僕の保護者だ。二十歳《はたち》になるまで——あと三ヵ月弱——のだけど。両親も兄弟もいない僕にとっては一番近い身内になる。でも初対面からまだ二年もたってないし、まるっと一年抜けてる僕にとってはその半分の感覚しかない。

そもそもお父さんに初めて会ったのも二年前なんだよね。それまでは、どこの誰が父親なのかも知らなかった。子供の頃に母親に聞いてみたんだけど、教えてくれなかったんだよ。どうでもいいことは言ってたけどね。面食いだったから顔にやられたとか、性格は優柔不断で嫌いだったとか、僕が父親にまったく似てないとか、そんな程度。

彼女は未婚の母で、僕が十二のときまで女手一つで育ててくれた。黙ってればおとなしそうな美人に見えたけど、中身はパワフルで割り切りがよくて後ろは絶対振り返らないぜ、みたいな人だった。だからケンカ別れした相手とのあいだに子供ができてたってわかったときも、なにも言わずに遠くに移り住んで産んだんだと思う。

事故で突然亡くなったりしなかったら、もしかしたらそのうち父親のことも教えてくれてたのかもしれないけど。

まぁそんなわけで、僕は十二歳のときから施設で育った。高校三年の夏に、実の父親が名乗り出てくるまではね。

「瑛司さんの会社、うちからだとちょっと遠くなりませんか？」

「ほとんど変わらないよ」

「でも……」

「マンションより快適なくらいだ」

「なら、いいんですけど……」

「そもそも部屋は解約しているから、追い出されるとなったら探さなくちゃならないな」

そこまで言われたらもうなにも返せない。まぁ同居は気まずいけど、積極的に追い出したいっていうわけでもないから、いいか。

お父さんが残したこの家の名義は僕になってるんだよね。相続でそういうことになったんだけど、結構とんでもない評価額でめまいがしそうだったことを覚えてる。

都心からはちょっと外れてるけど交通の便がよくて、駅からも歩いて十分くらいで、敷地面積は二千平米くらい。テニスコート八面分です、って弁護士が言ってた。家は古い洋館で、大正時代に建てられたらしい。何度も手が加えられたから文化財としての価値はなくなったとかなんとか。内装は結構それらしくしてあるけど、実は設備も含めて新しくて快適なんだ。

この手の洋館にしてはわりとコンパクトっていえるかもしれない。かなり減築したみたいなんだよね。それでも5ＬＤＫで一つ一つの部屋も広いから、一般的な住宅よりはずっと大きいけど。

そう、家と敷地の広さや立地でわかるように僕の父親はかなりの資産家だったんだ。でも家柄がいいかっていうと別にそうでもなくて、いわゆる成り上がり。僕のお祖父《じい》さんに当たる人が事業で成功したってことらしい。で、この由緒正しそうな家を買い取って好き勝手に改築しちゃったわけだ。

お父さんはその事業――重量機械の搬入・据付・組立・調整なんかをするらしい――を継いだらしいけど、病気になって引退したみたい。

なんとなく聞けないままだったんだけど、お父さんはきっとお母さんのこと忘れられなかったんじゃないかな。だって一度も結婚しなかったらしいし、余命幾ばくもないって知って二十年ぶりにお母さんのこと探したのも、なにか残そうと思ったからって言ってたし。そうしたら息子がいたってわかって、本当に嬉《うれ》しかったんだって。

短い期間だったけど、一緒に過ごせてよかったなって、僕も思ってる。

ところで瑛司さんの部屋はどこなんだろう？　僕と同じ二階かな。

一階にはリビングと独立したダイニングとキッチン、それに書斎と寝室が一つある。一階の寝室はお父さんが使ってて、いまは空き部屋のはず。緩和ケア病棟に入るときに、綺麗に片付けるようにって指示していったからさ。

「ちなみに、部屋はどこですか？」

「一階。最初は二階の部屋を使おうとしたんだが、家主である君の提案で主寝室を使わせてもらっている」

「つまり、お父さんの部屋だったところ？」

「ああ」

「そうなんですか……」

なんで僕はわざわざ提案したんだろ。同じ階なのが嫌だったとか？　いやいや、別にそこまでは嫌ってなかったから、プライバシーを考えてフロアを分けただけかも。まぁいいや。ほかにもっと気になることがあるし。

「もう質問はないか？」

「えーと、大学はどうなってるんですか？」

「本人の希望でそのまま通っている。休学という提案もしたんだが、記憶が戻る保証もないからと言ってね。ちなみに単位は落としていない。ギリギリだが」

なんか「本人」とか言われると、自分のことじゃないみたいに聞こえる。覚えてないから僕のことじゃないっていうのは間違ってはいないんだけど。

あれ、記憶ないあいだの僕って、どうだったんだろ？

気がついたら挙手していた。

「どうぞ」

「記憶をなくしてたときの僕って、どういう感じでした？　性格、とか」

「特に変わりはなかったな。最初……つまり事故後に意識が戻った当初は不安そうだったし、環境の変化に戸惑ってはいたが、基本的な性格が変わったわけじゃなさそうだった」

「なさそうだった、っていうのは……」

「断言できるほど君のことを知らなかったからね。君が知らないこの一年のあいだに、十分知ったつもりではいるが」

「そ、そうですか」

なんだろう、ものすごく含みがあるように聞こえた。十分、の部分が若干強めだったような……。

記憶がないあいだに少しは仲良くなったってことなのかなぁ。でも戻っちゃったから、それも白紙だよね。だって僕的には瑛司さんのこと苦手なまんまだもん。

第一印象がね、あんまりよくなかったんだよ。弁護士と一緒に、父親の代理として現れたんだけど、そのときから怖かったんだ。無表情で、値踏みするような目つきで淡々と事務的に話してさ。本当に息子かどうかDNA鑑定が必要だって主張したのも瑛司さんだった。

後から聞いたんだけど、もし僕が見つからなければ遺産は瑛司さんが全部もらえるはずだったんだって。

だから僕のことを煙たく思うのは当然だし、DNA鑑定のこと言い出したのも納得だった。僕が父親に似てないって、なんかぼそっと言ってたし。

とにかく初対面のときに萎縮しちゃったもんだから、それ以後も身がまえちゃって、必要なこと以外で話したこともなかったんだよね。

僕はどうやってこの人と仲良くなったんだろう？

とても信じられないんだけど、確かに瑛司さんが微妙に前より親しげ……な気がする。だって距離感が前と全然違う。っていうか、絶対おかしい！

って、なんでこの人、僕の髪触ってんの？

「ちょっ……あの……」

「うん？」

「いや、『うん』じゃなくて、ですね。なにしてるんですか」

「ああ……」

言われて初めて気がついた、みたいな顔したよ。なんなんだよ、まさか無意識だったとでも？　しかも手を引っ込めようともしない。髪をつまんでるみたいで、微妙に引っ張られてる感じがあるんですけど。別に痛くないからいい……のか？

「つい、癖で」

「癖？」

ちょっと待って。つまりそれって無意識ってこと？　この人、実はものすごくスキンシップが激しいタイプだったのか。超意外。

「ああ、そうか」

「はい？」

「失念してたよ。俺とのことも、なかったことになったんだな」

「……ええと？」

相変わらず髪……っていうか後頭部を撫《な》で撫でしながら、瑛司さんは僕をじっと見つめる。

なにこの雰囲気。よくわからないけど先を聞きたくない。

「半年前、俺と君は恋人同士になったんだ」

「は？」

いま、なんて？　いや、聞こえてたよ。聞こえてたけど耳を疑うって普通。この人、いま恋人って

言った？　いやいやいや、それはいくらなんでも嘘《うそ》。

　僕は当然全力で首を振ったよ。もちろん横にだ。

「嘘じゃない」

「でもそんなわけないしっ！」

「なぜ」

「な、なぜ？」

　視線が強い。なんかビームとか出てるんじゃないかってくらいに目力がすごくて、思わず逸《そ》らしてしまった。

「記憶がない以上、否定の根拠は薄いはずだ。君が以前、俺に苦手意識を持っていたことは知っている。もともとそれは感じ取っていたし、君自身からも聞いた。ただ記憶を失って同居するようになってからの認識は、多少違うものだったことも聞いた。その事実を否定する材料を君は持っていないだろう」

　ぐうの音も出ないとはこのことか。覚えてないんだから、確かに絶対ないなんて通らない。一年あれば認識とか気持ちとか変わったたって不思議じゃない。

　でも！　恋人はないよ、ないない。苦手意識がなくなって従兄弟としてそれなりに親しくなった、っていうなら信じたけど。

「昨夜は俺の帰宅が遅くて、帰ってきたら君は自分の部屋で眠ってしまっていた。だからそのまま寝かせておいた」

「……なんの話ですか？」

「普段は俺の部屋で一緒に寝ていた、という話だ」

「はい？」

「恋人同士なんだ。肉体関係があっても不思議じゃないだろう」

に……肉体……。なんだか口から魂が出ていきそう。つまり、僕は瑛司さんとそういうことをしていたと……。

「いや、でも……」

「ちなみに君が抱かれるほうだ」

聞きたくなかった。でも、そうだろうなーとも思った。だって僕が瑛司さんをどうこうなんて無理でしょ。だからって自分がどうこうされてる絵面も想像できないけどさ。

「奨太《しょうた》くんたちが泊まる日以外は、毎晩だったな」

「な、なにがっ？」

「もちろん部屋に泊まるのが。別に毎晩セックスしてたわけじゃないから安心しろ。かなり頻繁だったことは否定しないが」

もう耳を塞《ふさ》ぎたいし説明も欲しくないのに瑛司さんは追い打ちをかけてくる。

「俺の部屋を一階にしたのは、いい判断だったな」

「は？」

「事前はまだしも事後はベッドからバスルームまで近いほうが、なにかと楽でいい、ということだ。君が自力で歩けない状態になるのも珍しくなかったからな、そういうときは俺が運んでいた」

ありえないです無理です、って気持ちを込めて瑛司さんを見ると、何秒かの沈黙の後で目を伏せてしまった。

せつないようでもあるし、なにかを諦めたようにも見える。この人、そんな顔できたんだ。なんだろうこの罪悪感。ものすごく悪いことをしちゃった気持ちになってきた。このまま瑛司さんと一緒にいるのが耐えられなくなる。

「と、とにかくそういうことですから！」

我ながら意味不明だなって思いながら、逃げるようにして部屋に戻る。いや実際に逃げたんだ。敵前逃亡だ。

部屋に飛び込んで閉めたドアに凭《もた》れて、大きな息をつく。

「……そういうことって、どういうことだよ」

テンパりすぎたとは思うけど仕方ないとも思う。だってどうしろって言うんだよ。はいそうですかなんて納得できるわけないし、だからってあれ以上拒否するのは、なんていうか……良心が痛むっていうか。

「うーん……けど、うーん……」

しゃがみ込んで唸《うな》ってたら、コツンと軽くドアをノックされた。あやうく変な声が出そうだったけど、なんとか飲み込んで身がまえる。

「念のために医者に診《み》てもらったほうがいいと思うんだが、午後まで待ってくれるか。半休取って、昼過ぎには戻るようにする。予約は入れておくから」

「え、あ……はい」

「じゃあ、後で連絡する。家でおとなしくしててくれ」

それっきり声は聞こえなくなったから、瑛司さんは出かけて行ったんだと思う。時計を見たら七時過ぎてた。

瑛司さんは外資系の会社に勤めてる。会社名は忘れたけど法務課だって聞いた気がする。契約関係を担当してるとか言ってたかな。

「……とりあえず、お腹《なか》すいた」

まずはなにか食べてから、いろいろ考えよう。

そろっとドアを開けて、足音を立てないようにして下へ行く。瑛司さんはとっくに出かけてるはずなんだけど、なんか緊張してそんな真似《まね》をしてしまった。

まぁ、無駄だったけどね。やっぱりというか当然もう瑛司さんはいませんでした。

適当にパンを焼いてコーヒーを淹《い》れて、カップスープにお湯を注ぐ。

六人掛けのテーブルに一人で座って食べて、片付けをしてからリビングのテレビをつけた。それを流しながら新聞の見出しをざっとチェックしていく。

知らないことがいっぱいだった。これが浦島《うらしま》状態か。

必死になって情報を詰め込んでたらスマホが鳴った。

「篤郎《あつろう》……」

朝八時から電話って……夏休みにそれはどうなの。

笠木《かさぎ》篤郎っていう僕と同じ年の一応友人は、いろいろな面で突っ走る傾向がある。たぶんいまだって、なにか僕に伝えたいって思ったから、時間とかこっちが寝てるかもとか、そういうことは考えてない。

正直面倒くさい。でも言わなきゃいけないこともあるし、やれやれって思いながら電話に出た。

「もしもし?」

『あのさ、今日なんだけど、やっぱプールにしようぜ。すげーいい天気だし、映画館じゃもったいないって』

どうやら約束があったらしい。

「ごめん。どっちもパス。悪いけど今日は一人で行ってきて」

『なんで一人でプール行かなきゃいけねーんだよ』

「ほかの友達誘うとか。あ、それよりさ、記憶戻ったみたいなんだ」

『は?』

間の抜けた声が聞こえた後、三秒くらい沈黙があった。それからいきなり叫び声みたいなのが聞こえて、思わず僕はスマホを耳から離す。

うるさい。一年たっても全然篤郎は変わってないみたいだ。

『マジか！　いつ！』

「朝起きたら。事故までのことは思い出したけど、代わりにこの一年のことは忘れちゃってる」

『え？』

「僕的には、いまは大学に入って最初の夏休みなんだ」

『マジか……』

何回それ言うんだよ。まぁでも単に驚いたって感じの反応かな。瑛司さんとは、なんかちょっと違う気がする。

それってやっぱ恋人……いやいや、それはない。だって僕、同性愛とか考えたことないし。偏見とか嫌悪とかがない代わりに、男の人をそういう意味で意識したことも、ときめいたこともないし。

『……い、おいって！』

「え？」

『え、じゃねーよ。いまから行くからな、出かけんなよ！』

返事を聞く前に電話切られた。一方的すぎる……。別に出かけるつもりはないけど、一応返事聞いてから切ろうよ。

篤郎が来るなら着替えないと。って思って自分の格好を初めて意識したら、タンクトップに半袖シャツに綿パンだった。たぶん、昨夜は寝落ちしたんだな。これはどう考えても寝る格好じゃないし。

「まずシャワーだ」

一年前と変わってないなら篤郎の家は、うちから三十分はかかる。

着替えを用意してシャワーを浴びて、髪を乾かす。暑いから冷風で。結構時間がかかっちゃって、なんとかあらかた乾いた頃にインターフォンが鳴った。

モニターを覗くと門のところに篤郎が立ってた。一年前と髪色が変わってる。大学デビューだかなんだか知らないけど、入学式にいきなり茶髪で現れてびっくりしたんだよね。よかった、戻したんだ。やっぱり黒いほうが似合ってる。

「どうぞー」

門のロックを外して、玄関まで迎えに行った。外したのは人が通る用の小さいほうで、車ごと通れるのはまた別になってる。並んではいるけどね。

一応姿を確認してから玄関を開けた。

「理玖！」

いきなりガシッと肩をつかまれる。あれ、なんか目線の位置高くなってない？

「まさか背、伸びた？」

「へ？　ああ……ここ一年で三センチくらい伸びたけど」

「呪う」

なんで大学生になってまだ伸びるんだよ。僕なんて高校二年でピタッと止まっちゃったのに。たぶん記憶なくしてたあいだも伸びてないと思うし。

ひょっとすると篤郎、瑛司さんに追いついたんじゃないかな。くそう、羨《うらや》ましい。

「そんなことより本当に記憶戻ったのか？」

「さっき言った通り。痛いから離してよ」

篤郎の手を振り払ってリビングに戻る。

家のなかは快適温度になってるけど、外はかなり暑そう。さっき玄関ドア開けたときも、むわっと熱気が入ってきてた。今日も最高気温は三十五度超えらしいから、やっぱり出かけるのはなしにしよう。

喉が渇いたから冷えた麦茶を入れて篤郎にも出してやる。やつはそれを一気飲みした。

篤郎との付き合いはまだ一年くらい。記憶がない分も入れるとプラスして一年。僕がこの家に引き取られ高校を変わってからの同級生なんだ。

僕が二年前まで暮らしてたのは、ここからだと特急とか使って一時間半くらいの町だった。卒業まで地元の高校に通いたいっていう希望は、余命数ヵ月の父親の懇願の前に引っ込めた。正直あんまり情は湧《わ》かなかったんだけど、一緒に暮らしたいって言われて嫌だと答えるほど冷たくもなれなかった。

あー、確かそのときも瑛司さんにチクチクやられたんだっけ。正確には覚えてないけど、ようするに

「まさか断るほど薄情な人間じゃないだろうな？」的なことを言われたんだよ。

そりゃもう怖かった。つい反射的に頷《うなず》いて、高三の九月から学校を変わることになったわけ。いま思い出しても冷や汗が出る。

で、篤郎は編入先でのクラスメイトだった。自然と仲が良くなったわけじゃなくて、瑛司さんに頼まれて僕の面倒を見てくれたのがきっかけだ。

これにはちょっとだけ複雑な事情がある。瑛司さんの両親は離婚してるんだけど、父親のほうは再婚してて、その相手の連れ子が篤郎なんだ。ちなみに母親は瑛司さんが高校生のときに亡くなってる。

普通なら実の父親がいろいろと責任を持つべきだと思うんだけど、生活面から学費から瑛司さんの面倒見たのは僕のお父さんだったらしい。

はっきり言って瑛司さんは父親と折り合いが悪い。というか、瑛司さんが父親を含めて笠木家に関して無関心って感じで、向こうは瑛司さんのことを煙たがってる、って感じなのかな。実の息子なのにね。逆に血が繫《つな》がってない篤郎のことは可愛《かわい》がってるみたいだ。

そんな感じだからか、篤郎と瑛司さんの関係も微妙。そのへんはお互いにいろいろ複雑なのかもしれないし、案外単純に馬が合わないだけかもしれない。

それでも仲が良くない篤郎にわざわざ連絡取って僕のことを頼んだのは、僕のお父さんに頼まれたからなんだろうな。

きっかけはともかく、篤郎とは普通の友達付き合いをしてる。ときどき溜め息をつきたくなるような言動はあるし、テンションが合わないんだけど、基本的には気のいいやつなんだ。

あ、そうだ。ちょっと探り入れてみよう。

「あのさ、この一年で僕の環境とか、なにか変わった？」

「環境？」

「うん。瑛司さんがここで暮らすようになったこと以外で」

「あいつな」

チッ、ってかすかに舌打ちが聞こえた。あいつ、の前に差し込んできた。

相変わらずの関係なのか。まぁ気持ちはわかるような気がする。僕が瑛司さんに対して苦手とか怖いとか思ってるあたりが、篤郎にとっては「気にくわない」になるんだろう。

「で、なにかある？」

「なんでそんなこと聞くんだ？」

「いや、なんとなく。一年分記憶がすっぽり抜けてるから、埋めたくて」

「それだけか？　なんか、気になることがあるんじゃねーの？」

こんなときばっか察しのよさを発揮するのやめて欲しいなぁ。

仕方ない。ストレートに行こう。

「うんまぁ、そうなんだけどね。その……僕って、誰かと付き合ってたと思う……？」

「な……なんだそれ！　まさか、なんか痕跡みたいなもんがっ？」

変な反応。なんでそんなに動揺してるんだろう。

「痕跡ってなに。そんなのないけど、いるなら複雑なことになっちゃうかなって思って」

聞いてみたのは一応だ。篤郎が知ってる可能性は低いと思ってる。だってもし瑛司さんの言うことが正しかったとしたら、男同士なんだからおおっぴらに言うわけないし。後でもう一人に聞いてみようっと。むしろそっちのほうが知ってる可能性高そう。

「そうか、そうだよ……」

「え？」

篤郎がなんか思いつめたような顔でブツブツ言い出した。目が怖いんですけど。瞳孔開き気味っていうか、まぁそんな感じ。

いまさらだけど、篤郎は僕が座ってるのとは違うソファにいる。そうだよね、普通はこれくらいの距離感だよね。

「実は！」

いきなり大声出さないで欲しいなぁ。別にもうこの程度のことじゃ驚かないけどね。慣れちゃったから。

「なに？」

「おまえは覚えてないみたいだけど……」

ちょ、ちょっと待って。なんでこっちに移動してくるの？　この距離感！　これじゃ瑛司さんと一緒じゃん。

そのままがばっとハグされた。いやほんとに、がばーって感じで。

「俺たち付き合ってるんだ……！」

「はぁ？」

急になに言い出した？　いやいやいやいや、ないからね。瑛司さんよりはまだ可能性はあるかもだけど、あるって言ったって、ほんのちょっとだ。ほとんど差なんてない。

とにかく僕の取る行動は一つ。篤郎を押しのけることだ。

圧倒的な体格差があるから、両手でぐいぐい押してやる。意外にすんなり篤郎は離れた。つまり結構冷静ってことなんだと思う。

「そういうの、流行《はや》ってんの？」

「あ？　なにが」

「瑛司さんにもそれ言われたんだけど」

「い、言われたって……好きだ、とか？」

篤郎はぽかんと口を開けた後、焦ったように確認してきた。

「そうじゃなくて、記憶喪失のあいだ付き合ってたって言われた」

「あの野郎……」

凶悪な顔になって篤郎は呟《つぶや》いた。

篤郎って視力低いのにコンタクトできないとか眼鏡《めがね》は鬱陶《うっとう》しいとか言って、そのままで生活してるんだ。一応眼鏡は持ってるんだけど、滅多にかけない。それで目を細めるのが癖になってて、基本睨《にら》んでるみたいになってる。顔は整ってるほうだし、イケメン枠に十分入ってると思うし、女の子からだって人気がある。でも怖がられて気安く声かけられないタイプ。

僕も最初は身がまえたよ。だって初対面のとき……編入する前に瑛司さんの紹介で引き合わされたときも、なんだこいつみたいな顔されたからね。まぁ、一瞬だったけど。一時間後には、ちょっとお馬鹿な強面《こわもて》わんこになってたから。

「あいつと付き合ってたなんて絶対嘘だからな！」

「そこは置いといて」

「置くなよ」

「いいから聞いて。あのね、僕は覚えてないから二人の言うことが絶対嘘なんて言えないんだよ」

これはさっき瑛司さんに指摘されたことだ。もっともだと思ったから、それを前提にすることにした。篤郎はおとなしく僕の言うことに耳を傾けて、大きく頷いた。

「ただね、もし本当だとしても、いまの僕は篤郎に恋愛感情がないから……あ、もちろん瑛司さんにも。だから篤郎とそういう意味で付き合うっていうのは無理です」

いまはそれしか言いようがない。保留っていうのもなし。本当だとしたら申し訳ないけど、リセット一択だ。

篤郎は黙り込んで、それからふーっと息をついた。

「そうだよな」

瑛司さんが帰ってきたら、同じように言おう。向こうだって、このまま続けるなんて無理だってことくらい理解してるはずだし。いや、本当だと仮定してね。そもそも嘘だと思うけど。

「わかった。一から始めればいいことだしな」

「は？」

信じられない言葉が出てきて、呆気《あっけ》にとられた。まじまじと篤郎を見たら、妙にキラキラした目をしてる。

待ってどういうこと？　なんでそんな嬉しそうな顔？

「ぜってー惚《ほ》れさせる。あ、そうだ。その前に告白しなきゃ」

「ま、待って。ちょっと……」

「待たねーよ。記憶喪失中にも言ったけど、もう一回言うからな。俺、前からおまえのこと好きだったんだよ。一目惚れとは言わねーけど、わりと会ってすぐだった。言っとくけど、男がいいってわけじゃねーからな。それまで普通に女が好きだったし、付き合ったりとかもしてた。勘違いとか気のせいとかでもない。そういうわけで、俺とのことを前向きに考えてくれ」

なんかすごく篤郎らしい告白だった。ストレートな言葉と態度に、素直に感心しちゃったよ。別にきゅんとしたとかじゃなくて、好感を抱いたというか。

うん、嫌な気持ちとかはない。ちょっと照れくさいだけだった。

篤郎のことは、いい友達だと思ってる。編入先の高校でもそれ以外でも本当によく面倒を見てもらったし、精神的にも支えてもらった。こっちには知り合いが一人もいなくて、篤郎がいなかったら心細くて仕方なかったと思う。意外と……って言ったら失礼だけど、篤郎は成績もよくて勉強面でもお世話になったし。

勉強の合間に遊びにも連れ出してくれたんだよね。こっちに来るまで、友達と遊びに行くなんてほとんどなかったから新鮮だったし、嬉しかった。カラオケとかゲーセンとか遊園地とか映画とか、いろいろ行ったなぁ。変なのに絡まれたときも追い払ってくれたりして……あのときは格好よかったな。

そんな篤郎から告白されるなんて思ってなかったけど、やっぱり僕は男同士の恋愛に嫌悪感はないみたいだ。抵抗は……もちろんある。好きっていう感情を伝え合って、一緒にいたりするのまでは問題ないけども、その先……瑛司さんが言ったみたいな肉体関係は無理じゃないかなぁ、と。

「おい」

「ん？」

「あの野郎の言うことは信じるなよ。おまえの恋人だとか、嘘だからな。おまえと付き合ってたのは俺だから」

さっき距離取ったのにまた詰められそうになって、慌てて肘でガードした。少し残念そうな顔になった篤郎は、すぐキリッと表情を引き締める。

「相変わらず瑛司さんと仲悪いんだね」

「そういう問題じゃねーよ」

「でも嫌いだよね？」

「嫌いっつーか、気にいらねーの」

そのあたりは出会った頃から一貫してる。父親のことはまったく関係ないし、特に理由もないんだって言ってたな。ようするに相性がよくないってことなんだと思う。

「瑛司さんに関しては悪口しか聞いたことない気がする」

「事実しか言ってねーよ。あ、性格悪いとかも言ったか。これ悪口か？　事実だよな？」

「知らないよ。性格を判断できるほど、あの人のこと知らないもん。それよりさ、確か篤郎って、瑛司さんが僕のことを邪魔だと思ってる、みたいなこと言ったよね？」

その根拠は、僕が見つからなければ瑛司さんが全財産を相続できるはずだったから、だった。相続に関しては事実だけど、邪魔だとかいうのは篤郎の想像だと思ってる。だって大して仲良くない自分の父親とか篤郎に、瑛司さんがわざわざそんなこと話すわけないし。

「全財産もらえなくなったから、って言うけどさ、瑛司さんってお金に執着するタイプには見えないんだよね。一部だけど相続分はあったわけだし、いまの会社でも結構もらってるみたいだし」

僕のお父さんの遺産はこの家と土地だけじゃなくて、預金とか証券とかほかの不動産とか、いろいろあった。遺言状があって瑛司さんもかなりの額もらったはずなんだよね。金遣いが荒いみたいな話はどこからも聞いたことがないし。

「いまの仕事続けるなら、そうだろーな。けど、本当にやりたいことは金がかかるし」

「本当にやりたいこと？」

「あの野郎が学生の頃に映画撮ってたって話は、覚えてるか？」

「え、いきなりなに。初耳」

あの瑛司さんが映画？　つまり映画監督がやりたいとか、そういう話？

「おまえがあの野郎から聞いて、俺に話してくれたんだぞ。マジで忘れちまったのな」

「だから一年間すっぽり記憶抜けてるんだよ」

「ややこしいな。事故に遭って二年間記憶抜けて、戻ったら一年抜けたって……」

「僕のせいじゃないし。や、事故は僕のせいだけど」

まぁでも、ややこしいという点は同意する。いまだに実感もないし。

「それなんだけどさ、あれ本当におまえの不注意なのか？　昨日までのおまえは、そのへん覚えてないって言ってたけどさ」

「あれは事故だよ。駅のカメラにも映ってたわけでしょ」

「だからそれ、映らないように押されたとかいう可能性は？」

「ないよ。踏み外した瞬間のこと覚えてるんだ。記憶戻ったから、まわりに誰もいなかったのはわかってる」

誰かに押されたとかぶつかったとかいった覚えもない。だいたい警察が映像を見て判断してるんだから、いまさらだよ。

でも篤郎はめげなかった。

「じゃあたとえば、わざと階段下りてるタイミングであの野郎がメッセージ送ってきたとか……」

「それはいくらなんでも無理があるよ。返事の相手は瑛司さんじゃなくて前の高校の同級生……え、ちょっと待って。もしかして篤郎、瑛司さんが邪魔な僕を……とか思ってる？」

「いや、さすがにそこまで悪人じゃねーとは思ってるけど」

「だよね」

そもそも従兄弟だからね。僕が死んだって瑛司さんに相続権はない。認められるケースも確かあったと思ったけど、それは一緒に暮らしてたとか看病してたとか、なにか条件があったはず。東谷家に来た頃に相続について調べたことがあるんだよね。

「篤郎は瑛司さんに難癖付けたいお年頃なんだね」

「おい」

って言った後、篤郎は横を向いてバツが悪そうに舌打ちした。

「とにかく事故と瑛司さんは無関係。それより映画の話を詳しく」

「詳しくって、俺はおまえから聞いたんだけど」

「忘れたんだからしょうがないじゃん」

「あーだからさ、あの野郎は映画が好きで、学生のときは映研で自分でも映画撮ったりしてて、本当はそっちの道に進みたかったらしいんだよ」

「なにその予想外の話。全然イメージじゃない」

「だよな。けど、おまえがいろいろ話してくれたんだぞ。やたら映画のソフト持ってるとか、家ではよく一緒に観るんだとか、今度一緒に観に行くんだとか」

「一緒に……」

マジか。僕が瑛司さんと？　えー、そんなに仲良くなってたのか……。

「いまの仕事に就いたのは理玖の親父《おやじ》さんに気を使ったから……ってのも聞いたぞ。学費とか卒業するまでの諸々、出してもらったからって」

そうなのか。いや、一度聞いたことらしいけども、綺麗さっぱり忘れてちゃったんだからしょうがない。

確かに瑛司さん、映画制作の世界に飛び込みたいなんて言えない境遇だったと思う。死んだお父さんとの関係って、びっくりするくらい他人行儀だったんだよね。叔父と甥《おい》っていうより、上司と部下って感じだった。

しかもお父さんは自由業やクリエイターに理解なさそうな人だったし。公務員とか弁護士とか医者とか、名の通った会社に入るとか、そういうのがベストってタイプだった。だからってそれ以外は職業にあらず、みたいなことはなかったと思うけど。

瑛司さんが黙って会社員になったのはわかる気がする。僕が瑛司さんの立場でもそうしたんじゃないかな。

「それも僕から聞いたの？」

「おう」

「そっか」

「でさ、親父さんはもういないんだし、金さえあればやりたいことやれるわけだろ？」

「そうなのかなぁ」

すんなり同意はできない。学生の頃に映画制作をしてたからって、そのまま仕事にしたいと思うかは別だよ。ただの趣味かもしれないじゃん。

「好きなことやるためにも、本当は遺産欲しかったんじゃねーのかなって、ちょっと思ったわけよ」

なんかベタな話にしたがってるなー。

「瑛司さんがそういうこと言ったの？」

「言ったわけじゃねーと思うけど。おまえもそこまでは言ってなかったし」

「じゃあ篤郎の想像？」

「んー、まぁ推測？」

「だったらもういいや。いろいろ教えてくれてありがと。今日は映画もプールもパスさせてもらっていい？　午後病院行くんだ。今度埋め合わせするから」

この話はもうおしまい。続けても楽しい話じゃないしね。

「お、おお……そうか病院行くのか。そうだよな……俺、一緒に行くよ」

「あ、ごめん。瑛司さんに昼過ぎに戻るから、って言われてるんだ」

途端にまたチッと舌打ちが聞こえた。相変わらず似合う。舌打ちが似合うなんてどうかと思うけど、実際そうなんだから仕方ない。

篤郎はかなり不満そうだった。でも仕方ないとも思ってるらしい。保護者は瑛司さんだし、診察ってことになるとごり押しはできないみたい。

それはそれとして、頭のなかを整理したくなってきた。

「あのさ、ちょっと疲れたから病院行くまで寝てようかなって思ってるんだけど……」

「おう、おやすみ」

あっさりそんなことを言った篤郎はソファから動こうとしない。遠まわしに「帰って」と言ったつもりだったのに全然通じてない。僕が寝てるあいだ、ここで待つ気なんだろうか？

考えるのも面倒になってきた。篤郎はこの家に慣れてるはずだし、放置しても適当にやるだろう。

「いつまでいる？」

「病院行って帰ってくるまで。結果聞きたいし、留守番なら任せとけ」

「……よろしく」

夕方までいるつもりらしい。暇を持て余すんじゃないかと思ったら、篤郎は自分も寝るとか言い出してソファにごろんと横になった。遅くまでゲームやってて寝不足だった、とかなんとか言って。

一年のあいだにさらに厚かましくなった気がする……。

「おやすみ」

とにかく一人になりたかったから、部屋に戻って鍵《かぎ》をかけて机に向かった。情報過多だから、まずは書き出してみようと思った。

ノートを開いてペンを持ったところで、はっと気がつく。

「そうだ、奨太にも知らせないと」

ペンからスマホに持ち替えて、奨太にメッセージを送った。既読がついたな、と思ったら、「すぐ行く」って返ってきた。

奨太も篤郎もフットワーク軽いな。あれ、でも奨太はどこに住んでるんだろ？　一年たってるってことは、大学に入ったのかな？　どこに入ったのかも聞かないと。

十分もしないうちに、着いたってメッセージが入った。早すぎる……これって近所に住んでるってことなのか。

部屋から門のロックを外して、玄関まで下りていく。リビングをちらっと見たら、篤郎は寝てるみたいでこっちを見ることもなかった。

そっとドアを開けて、唇の前に人差し指を立てる。そのまま手招きすると、奨太は黙って頷いて家に入ってきた。

静かに二階へ上がって、部屋に奨太——黒田《くろだ》奨太を入れた。

「大丈夫？　頭とか痛くないの？」

「なんともないよ。ありがと」

あれ、よく見るとなんだか奨太の印象が違う。ちょっと垂れ気味の目とか緩い感じの雰囲気だとかは同じなんだけど、一年のあいだに大人っぽくなってるような気がする。それに——。

「もしかして背伸びた？」

「うん。五センチ伸びたよぉ。まだ止まってなかったみたい」

にこにこ笑う顔が腹立つ。僕だって平均くらいはあるんだよ。一年前はほとんど同じくらいだったのに悔しい。

「顔つきも、ちょっと違う気が……髪型のせい？」

「そんな変わってないよ。前よりは伸びたかもしれないけどね。そんなことより、なんで篤郎がいんのよ。しかもあんなとこでぐーすか寝てるとか」

「もともと約束しててさ」

篤郎が来たくだりと昼寝までを説明すると、奨太はふーんって一応納得したみたいだった。昼じゃなくて、まだ朝だけど。

奨太は僕より一つ下で、同じ施設で育った仲だ。入った時期もほぼ一緒で、僕にとっては弟みたいな存在。

奨太には他人に近いような遠い親戚がいるだけで身よりがないから、僕が一番近い存在なんじゃないかな。

僕もそうだったけど、奨太も高校卒業したら働くつもりだったんだ。けど僕は親が見つかって大学に進学することになったし、相続もした。お金の余裕ができたから、奨太を説得して進学させることにしたんだけど……どうなったのかな。そのへん確かめないと。なんたって去年の夏からの記憶がないからね。

「ところでさ、奨太は大学生……だよね？」

「ああ、そのへんもわかんないのね。おかげさまで大学通わせてもらってまぁす」

「そっか、よかった」

「希望通り理玖の後輩になって、学費もアパート代も生活費も出してもらってるよー。バイトもやってるけど、無理すんなって言うから、普段はちょっとだけ。夏休みはガッツリ入れてるけどね」

「友達できた？　ほかになにか変わったことは？」

「理玖よりは友達、確実に多いんじゃない？　ほかは大学生になったこと以外なーんにも変わってないしぃ。あーなんか、元に戻ったって感じがするなぁ」

じっと僕を見つめて、犬みたいにくんくん嗅《か》ごうとして顔を寄せてくる。シャワー浴びたばかりだからシャンプーとかボディソープの匂いしかしないはずだよ。一体なんの意味が……？

「とりあえず、座って」

無駄に広い部屋には座るところがちゃんとある。テレビに向けられてるソファに座ってからも、奨太は僕の顔を見ていた。

「なに？　なにか変？」

「変じゃないよ。さっきも言ったけど、戻ったんだなぁって思ってさー。記憶喪失っていってもさ、俺のことはちゃんとわかってたし、関係も出来上がってたわけじゃん。一から作らなきゃいけないあの二人とは違って」

「ああ……」

「だから俺はあんまり苦労しなかったの。話しててたまに嚙《か》み合わないとかー、話通じないときがあったくらい」

奨太の様子は全然いつもと変わらなかった。昔から飄々《ひょうひょう》としててテンションも一定で、すごく冷静なんだよね。頭もいいし、要領もいい。見た目でちょっと軽く見られがちなのは、地毛が茶色で天パだから。

なんだかほっとした。瑛司さんと篤郎が立て続けにあんなこと言い出すから、ちょっとだけ警戒してたんだ。いや、実を言うとまだしてる。

「あのさ、聞きたいことがあるんだけど」

「うん、なに？」

「この一年のあいだに僕って誰かと付き合ってた？　恋愛的な意味で。そういう話、聞いて——」

「ないよ。そんな浮いた話、まったく聞いてない」

食い気味にあっさり否定して、奨太はそれがなに？　みたいな顔をした。

よかった、奨太だけでも平常運転で！　前からそうだったけど、やっぱり奨太は僕のオアシス。見た目はもう可愛くなくなったけど、存在は相変わらず可愛いよ。

「そんなこと聞くなんて……一体なんの心配してんの？」

「心配っていうか、いろいろ確かめたいんだよね。一年間、自分がなにやってたか……とかさ」

「ふーん。まぁ、そうかもね。病院って、夕方には終わるよねぇ。俺も留守番してていい？」

「いいけど……篤郎と一緒で大丈夫？　仲良くなったの？」

「なってないよ。あいつとはわかりあえる気がしないもーん。けど、別にケンカはしないから大丈夫。あいつリビングでしょ？　俺はいつもの客間で本でも読んでるから」

ぽん、って肩掛けのバッグを奨太は叩《たた》いた。相変わらずの本好きなんだね。僕も中学くらいまでは図書室が生息地ってくらいに本読んでたっけ。

「じゃ、昼ご飯は三人分か……瑛司さんは昼過ぎって言ってたし。あれ、いま家のことどうなってるんだろ。前と一緒かな」

「家のことはハウスキーパーと家政婦さんがやってくれるけど、週末は来ないから簡単な掃除と料理は理玖がやってたよ。夏休み中は時間あるからって、家政婦さんを週二に減らしてたけど」

なるほど。だったら変わってないってことかな。

事故に遭う前に、家政婦さんについては減らしてもらうように要望出しておいたんだ。でもそのときは一人暮らしのつもりだった。瑛司さんの分は、どうしてたんだろ。

「事故の後で瑛司さんと同居してたわけじゃん。ご飯とか、どうしてたか知ってる？　週末とか朝とかは僕が瑛司さんの分も作ってたのかな」

「そうだよー。俺たちがいるときは四人分だったりしてた。俺ね、去年の夏休みはずっと泊まってたんだぁ。篤郎も結構入り浸ってたし」

「そうなんだ」

「昼ご飯作るとき、ちゃんと手伝うからねぇ。あ、マジで昼まで寝てなよ。十一時過ぎたら起こしにきてあげるから」

「ありがと」

僕の部屋を出て、奨太は勝手知ったるって感じで向かいの部屋に入って行った。

一人になると、僕はノートとペンを持ってベッドでうつぶせになった。紙に書き出して状況を整理していく。状況っていうか、僕の恋人に関することだけど。

まず瑛司さんが正しいとする。この場合はほかの二人が嘘をついてることになる。篤郎が正しくても、やっぱり二人が嘘ってことに。で、奨太が正しいと……あ、これも二人が嘘じゃん。

どのパターンでも嘘をついてる人がいることになっちゃう。

ん？　んん？　待てよ……誰も嘘ついてないってパターンが一つあった。いや、あり得ないけどね。

絶対ないと信じたいけど、客観的に考えたら一つある。

それは僕が二股をかけていて、自称恋人たちがそのことに気付いていてなくて、奨太もまったく知らないってパターン。

「いやいやいや、さすがにそれはない」

でも万が一ってことも……いや、あるわけない。僕にそんな器用なことができるはずない。百歩譲って二人に迫られて流されてしまった、なんて事態になったとしても、それを隠しておくことなんて無理だと思う。篤郎はともかく瑛司さんは気付きそうだよね。

うん、やっぱり二股はない。

「一番平和なのは、あの二人が嘘ついてるってパターンだけど……」

だったらなんで嘘をついたかって話だよ。あ、篤郎に関してはわかりきってるか。さっき告白されたし、あれが嘘だとは思えないし、そもそも僕を好きだっていう嘘をつく理由がない気がするし。

じゃあ瑛司さんは？　あれが嘘だとしたら、なんのためにそんなことを言ったんだろう。

冷静に考えて、どうしてあんなハイスペックな人がわざわざ僕を？　って思う。いくらでも相手は選べるはずなのに……。ゲイなんだとしても、もっと大人で綺麗な人はいると思うし。

僕は……とりあえず見た目は昔から褒められてきた。成績はわりといいほうだけど、これっていう才能はない。家事はまぁまぁできるほうかも。特に料理が得意で、奨太なんかは僕の作るご飯が好きだって言ってくれる。でもこれは贔屓目《ひいきめ》だろうなぁ。後は……ああ、お金だ。忘れがちだけど、僕は大金持ちなんだった。

「うん……お金はモテ要素だよね……」

なんか虚《むな》しくなってきた。さすがに瑛司さんが財産狙いで僕の恋人を名乗ったとは思わないけど、いまの僕は金目当てで近づいてくる人がいても不思議じゃない立場なんだなって唐突に自覚してしまった。

溜め息しか出やしない。


昼前に三人分の食事を作って食べて、午後一で迎えにきた瑛司さんと病院へ行った。予約が取れたっていう連絡を早めにもらったから余裕で準備ができた。

担当医さん——まったく覚えはないけど何回も会ったことがあるらしい——の診察を受けて、検査もして、解放されたのは夕方五時をまわってた。

とりあえず心配はないみたいだった。

「あの、付き合ってくださってありがとうございました」

瑛司さんが運転する車のなかで、あらためてお礼を言った。半日仕事を休ませちゃったんだから当然だった。

でも瑛司さんは苦笑を浮かべた。

「大事な恋人に付きそうのは当然なんだがな」

って言われても、僕的にはあんまり親しくない従兄弟なんです、ごめんなさい。事故に遭う前の段階だと、たぶん十回も会ってなかったはずだし、二人きりで話したこともほとんどなかったんだ。

返事に困って黙ってたら、タイミングよく奨太から電話がかかってきた。

いや、ほんとに最高のタイミング。後でこっそりお礼を言っておこう。

奨太の用件はわりとどうでもいいことだった。夕食どうするの、っていう、ある意味では大事なことだったけども。

どうするつもりか瑛司さんにも聞いたりしてるうちに家に帰り着いちゃって、結局瑛司さんとさっきの続きを話すことはできなかった。

夕食はデリバリーにした。お父さんが子供の頃から贔屓にしてた中華料理店が、いろんな料理を届けてくれた。人数を言うと適当に持ってきてくれるスタイルなんだって。覚えてないけど、記憶喪失中にも頼んだことがあったらしい。

「今日泊まってもいい？」

「あ、俺も」

「いいよ」

篤郎はともかく奨太は大歓迎。だって瑛司さんと二人きりっていうのはちょっと抵抗がある。

「じゃ遠慮なくお世話になりまーす」

「よろしく。約一名、不満そうだけどな」

篤郎がちらっと瑛司さんを見た。不満そうっていうか、呆れてる感じ？　けど家主は僕だから黙ってるんだろうな。

って思ってたら、わりとはっきりした溜め息が聞こえてきた。

「感心していただけだよ。思うまま行動できるのは若いというだけじゃ無理だなと思ってね」

えーと、それはつまり二人のことを「図々《ずうずう》しい子供」だって言ってる……？　言葉通りなんてことは、この人に限ってないと思うんだよね。

コーヒーを飲んでる瑛司さんは澄ました顔なのに、篤郎の顔はものすごいことになってる。いま外を歩いたら通報されそうだよ。ちなみに奨太はそんな篤郎を見てこっそり笑ってる。

「えーと、二人で片付けしといてね。僕は勉強するから」

怖いんでこの場から逃げることにした。いやだって、殺伐としてるんだよ怖いじゃん。無表情の瑛司さんも、凶悪な顔と雰囲気出してる篤郎も、へらへら笑ってる奨太も。

片付け終わったら部屋に行く、っていう篤郎の声に手を振って応えて、僕は自分の部屋に急いで戻った。

「あー怖かった」

瑛司さんと篤郎って、相変わらずなんだな。篤郎の場合は、瑛司さんの恋人宣言を知ってるから余計にピリピリしてるのかも。

あの二人のことを考えると気が重い……。なにが本当かわからないのも、一年分の記憶が抜けてるのも、地味にストレスになってるし。

担当の先生が言うには、この一年のことを思い出す確率はほとんどないって話だった。絶対とは言えないし、部分的に戻ることはあるかもしれないけど、抜け落ちたピースが全部塡《は》まることはまずないと思ってくれ、って。

複雑なんだよね。記憶の抜けは気持ち悪いんだけど、思い出すのは怖いというか。

「……勉強しよ」

現実逃避だってわかってる。でも記憶と一緒に抜けちゃった知識とかを取り戻さなきゃいけないのも本当だ。後で篤郎たちに、大学のことをもっと詳しく聞かなきゃ。新しい友達とか知り合いもできただろうし。

うん、頑張ろう。

夏休みなのをいいことに、篤郎と奨太はあれからうちにずっと泊まってる。着替えを取りに一回は帰ったけど、もう四日目だよ。

篤郎の考えてることはわかる気がしてる。たぶん瑛司さんと僕を二人きりにしたくないんじゃないかなぁ。

で、奨太は便乗。あえて言うなら僕のご飯が食べたいんだと思う。施設にいるときから僕はずっと調理の手伝いをしてたし、お小遣いとかバイト代で材料買ってきて夜食とかおやつとか作ったりしてたんだよね。施設のご飯だけだと育ち盛りの子供は足りなかったりするからさ。結果として、僕は奨太の胃袋をがっつりつかんじゃったわけだ。あの子、僕のこと何回かお母さんって呼んだことあるからね。小さい頃だけど、あれはちょっとショックだった。一歳しか違わないし男なのにお母さんはないでしょ。

ちなみに奨太のアパートはうちから徒歩十五分のところだった。このあいだは走ってきたから早かったらしいよ。

「理玖、チーズケーキいい感じかもー」

奨太が冷蔵庫の前で目をキラキラさせてる。あいつのリクエストでレアチーズケーキを作ったんだ。なんでか僕のチーズケーキがいいって言うんだよね。市販のだと奨太には甘すぎるらしい。甘くないやつに、フルーツソースをかけて食べるのが好きなんだって。

「奨太、コーヒー淹れて。四人分」

「はーい」

そのあいだにケーキをカットしちゃおう。篤郎も期待してる顔だし、瑛司さんは黙ってるから食べるってことだろうな。いらないときはいらないって言う人だから。

キッチンでケーキをカットしてお皿に載せてたら、肩にいきなり重みが。

「篤郎、邪魔！」

「理玖が可愛くて、つい」

人の肩に顎を乗っけてしゃべるな。あと身体《からだ》に手をまわして、お腹の前で手を組むな。どこのバカップルか、はたまた新婚かってスタイルになってるよ。

「離せって。やりづらいじゃん」

文句を言ったら肩の重みだけはなくなった。でも後ろから抱きしめるみたいな形はそのままだ。作業はできるけど……。

「理玖、理玖」

「なに？」

「好きです。付き合ってください」

「空気読んで！」

二人っきりじゃないんだよ？　しかもいまケーキ切り分けてるとこなんだよ？

もうね、好きだとか愛してるだとか言われすぎて、若干麻痺《まひ》してきてる。けどまぁ大型わんこみたいで可愛いなとは思う。ぶんぶん尻尾振ってるのが見える。

「いいじゃん。切り終わったら運ぶし」

「だったら離れてすぐ運ぶ！　いちいちじゃれない！」

しっしっ。手で追い払うと、わりとすんなり離れていった。しつこくはないんだけど、付き合ってたと主張しだしてから、なにかとベタベタしてくるようになったのは困りものだ。一日に何回も好きだって言ってくるし。

瑛司さんの態度は普通なんだけどなぁ。二人だけになることがほとんどないせいもあるけども、あれ以来恋愛がらみの話になったことはないし、視線とかも特別な感じはしない。正直、恋人だった人の態度じゃないと思う。いまみたいに篤郎がくっついたりしても平然としてるしね。

その点、篤郎は瑛司さんの言動をいちいち警戒してるし、少しでも物理的な距離が近くなるとヤキモチ焼いたりする。篤郎が恋人だっていうほうがしっくりくるかも。

瑛司さんはどういうつもりなんだろ。やっぱりあのときのは嘘ってことか。でもなー、それだと説明がつかないんだ。冗談であんなこと言う人じゃないはずだし、もし篤郎が言うみたいに財産目当てだってことなら、積極的に口説いたりするだろうし。

僕はそんなことをつらつらと考えながら、奨太が淹れたコーヒーを飲んだ。桃のソースをかけたチーズケーキも食べる。

うん、美味《おい》しくできてる。ソースも甘さ控えめにしたけど、ケーキとの相性は抜群だ。みんなの様子を見ると、ほとんどもうお皿は空になってた。

「おかわりしよーっと」

ふんふんと鼻歌を歌いながら奨太がキッチンに歩いて行くと、俺もとか言って篤郎が続いた。

近くにいるのは瑛司さんだけだ。見えるところに二人はいるけど。

そっと瑛司さんを見たら、ばっちり目が合った。先に向こうが僕のこと見てたっぽい。反射的に目を逸らすと、ふっと笑う気配がした。

だからってなにか言うわけでもなくて、妙な居心地悪さだけが残った。居心地が悪いというか困るというか。

相変わらず視線は感じるなぁと思ってたら、尖《とが》った声が近づいてきた。

「あんたさ、どういうつもりなんだよ」

「篤郎……」

こっちの様子に気付いたみたいで、篤郎が瑛司さんに嚙みついてる。テーブルに両手を突いて、ちょっと身を乗り出して……。

瑛司さんは興味なさそうに視線だけ返す、って感じだ。奨太はまだふんふん言いながらケーキにソースをかけてる。相変わらずマイペースだな。

このあいだみたいに怖くないのは慣れたからかもしれない。あれから毎日、篤郎は瑛司さんに突っかかってるんだ。

「どういうつもり、とは？」

「何日か様子見てたけどさ、あんたの考えがわかんねーんだよ。理玖に恋人だったとか言ったんだってな。そんなこと言ったくせに、なに涼しい顔してやがんだよ」

うわぁ、篤郎よく言ってくれた。突っ込んで聞きたくない気持ちは正直大きいんだけど、知りたくもあるんだよね。

あ、でも少し気まずい。篤郎にバラしたのか、とか思われそう。

「覚えていないものは仕方ないだろう」

「は？」

「一年前……事故に遭うまでは、ろくに話したこともなかったんだ。そんな状態の理玖に恋愛関係の継続を求めるのは酷だ。仮に今度は君を好きになったというなら、それはそれと思うしかない」

ああ、そうなんだ……。やけにあっさりというかドライというか、瑛司さんにとってはしがみつくようなものじゃないってことなんだね。

なんだ、そうなのか。

「はっ、結局その程度の気持ちってことだよな」

瑛司さんはなにも答えなかった。そうだとも違うとも。

篤郎が僕のために怒ってくれたのはわかってる。わかってるけど、なんだかすごくひどいことを言われたような気持ちになってしまった。ちょっと前に自分でも思ったことなのに、誰かに言われるとまた違うみたいだ。

「コーヒーのおかわりどうですかぁ」

空気を読まずに奨太がコーヒーサーバーを持って戻ってきた。いや、そう見せてるだけで本当は読んでるんだよね。

「もらう」

僕は意識を瑛司さんたちから切り離してマグカップを差し出した。

やっぱり奨太はオアシスだ。


ミンミンとうるさいセミの声をガラス越しに聞いてたら、唐突にアイスが食べたくなってきた。いくらエアコンが効いてても、気分的に暑くなるってことはあるよね。

「うるせーと思ったら網戸に留まってんのかよ」

冷蔵庫前からドリンク片手に戻ってきた篤郎は、鳴き声の発生源を見つけて溜め息をついた。いくら二重ガラスでもこの至近距離じゃ仕方ない。

「アイス買ってくる」

「は？　あんじゃん。さっき冷凍庫に入ってたぞ」

「あれはアイスクリーム。いま食べたいのは、もっと氷っぽいやつ」

「ああ……」

カップに入ったピンク色の氷でもいいし、カチコチに凍った果物が入ってる練乳味のやつでもいいし、アイスバーでもいい！　とにかく氷だよ、氷。

「俺も行くかな。コンビニだろ？」

「うん」

門を出て右に折れて、二百メートルくらい行けばコンビニがある。なんとなく曇ってきた気もするし、行くならいまがチャンスだ。どうせ暑いことには変わりないけど。

ソファに寝転んで本を読んでる奨太にどうするか聞いたら、いまいいところだから行かないって。アイスじゃなくてプリンが欲しいとも言われた。好きだね、プリン。

ってことで篤郎と一緒にコンビニへ行くことになった。

玄関を出たら、もわっとした空気が襲ってきた。うーん今夜も熱帯夜決定だな。

「なんか……二人だけっての、久々だな」

「言われてみればそうだね」

ここ何日かは賑《にぎ》やかな四人暮らしだったんだ。瑛司さんは昼間いないし、家にいるときもそんなに話さないんだけど、篤郎と奨太は朝から晩までずっと一緒だった。合宿してるみたいで結構楽しい。

なんてことを考えながら歩いてたら、全然違う道を進んでた。篤郎が歩いてくから、なにも考えないでついてきちゃったよ。

「あれ？」

「あー、ちょっと寄り道。一時間くらい、いいだろ？」

「いいけど、涼しいとこ入りたいしアイス早く食べたい」

「だから駅まで行こうぜ。かき氷食おうよ」

かなり魅力的な提案だ。駅の周辺にはかき氷を出してくれる喫茶店とか甘味屋さんとかが何軒かあるんだ。

「ふわふわの天然氷のとこがいい……！　あそこ入ってみたかったんだ」

「おう」

「あっ、そうだ奨太に言わなきゃ。プリン待ってたらかわいそうだし」

「店に入ってからでいいだろ。どうせ本に夢中だよ」

確かに。歩きスマホはしたくないし立ち止まったらそれだけ外にいる時間が長くなる。遅くなるって連絡するのは店に入ってからにしよう。

天然氷のかき氷が待ってるかと思ったら暑さも気にならなくなった。運がいいことに席も空いててすぐに入れた。

店はお洒落《しゃれ》なカフェって感じで、お客さんもほとんど女の人だ。カップルもいるけど少ないし、男同士なんて僕たちだけだった。ちょっと浮いてるかもしれない。でも別にいいや、気にしないことにしよう。

スマホを取り出して、奨太にかき氷食べにきたことを知らせると、少したってから「了解」って意味のスタンプが返ってきた。よし、せっかく駅まで来たんだからケーキ屋さんの高いプリンを買って行ってあげよう。

注文してしばらくしたら、ふわっふわのかき氷が運ばれてきた。僕は練乳いちごで篤郎はマンゴー。ここのフルーツソースは自家製らしい。

「はー……幸せ……」

果肉ゴロゴロのソースはジャムみたいで、氷は口のなかですうっと溶ける。うん、ここまで歩いてきてよかった。篤郎グッジョブ。

「篤郎の思いつきに感謝だなぁ」

「実はおまえがアイスって言いだしたときに、駅まで連れて行こうって決めたんだ」

「そうなの？」

「だってさ、全然二人きりになれなかったじゃん。俺なりにチャンス作ってみたわけよ。こういうデートみたいなこともしてみたかったし」

なるほどそういう意図があったのか。可愛いとこあるよね。照れくさそうに「してみたかった」なんて、イケメン大学生が言うと結構破壊力がある。

僕が付き合ってたのが篤郎だったら、こんなふうにデートしてたのかな。ちょっと想像してみよう。

ええとデート……映画とか、遊園地とかゲーセン……あれ、それって全部やったじゃん。

基本的に友達の場合と変わらない気がする。こんなお洒落な店は一緒に入ったことなかったけど。

えーと、じゃあ恋人らしいことっていったら……手を繋ぐとかキスとか？

「溶けるぞ」

「あっ、うん」

まずいまずい。せっかくのかき氷がもったいない。最後まで味わって食べよう。篤郎なんてもう半分以上食べちゃってる。

遅れを取り戻そうとぱくぱく食べてたら、篤郎は嬉しそうな表情で僕の顔を見てた。

そういう顔するなってば。なんか恥ずかしいじゃん。

「また来ような」

「……うん」

今度は奨太も……って思ったけど、空気を読んで口には出さなかった。


さすがに一週間も入り浸れないと思ったのか、実家から戻ってこいと言われたのか、篤郎は滞在六日目——今日の午前中に帰って行った。一人暮らしの奨太は別にいてもいいと思うんだけど、アパートにカビが生えたら困るとかなんとか、よくわからないことを呟いてついさっき帰ってしまった。現在は夕方五時過ぎだ。

久しぶりに……っていうか、記憶が戻ってから初めて瑛司さんと二人だけの生活になる。

なんだか緊張するなぁ。でも恋人がどうのって話は、たぶんもう気にしなくていい……んだよね。瑛司さんもああ言ってたし。

「よし、ご飯作ろう」

実はあの二人がいるあいだ、家事はちょっと楽だったんだよね。料理は三人分だったり四人分だったりになったけど、そのへんは施設で慣れてたから平気だった。むしろ掃除とか洗濯とか買いものとかを二人にも振り分けてたから楽できてた。

なに作ろうかなって思いながらキッチンに入ったところでスマホが鳴った。

「え……」

瑛司さんからだ。たまには外食しようって書いてあった。店のホームページへのアドレスも貼り付けてある。

篤郎たちが帰ったことは知らないわけだから、これって四人で行くつもりなんだよね。きっと僕が毎日四人分作ってるのが大変そうって思ってくれたんじゃないかな。

うーん、どうしよう。

「……どんな店だろ」

試しにアクセスしてみると、いい感じの個室居酒屋みたいだった。こんなとこ駅前にあったんだ。知らなかった。お洒落だけど気後れするほどじゃないし、そんなに高くないから学生だけでも行けそう。うん、メニューも豊富だ。美味しそうなのがいろいろある。

いいかも。自分じゃこんなにたくさんの種類作れないからなぁ。ちょっとずついろんなもの食べたくなってきた。

行ってみたい。というか食べたい。メニュー見たら無性に食べたくなってしまった。瑛司さんと二人きりというのがネックだけど、帰ったばかりの二人を呼び戻すのもなんだし、いまは食べたい気持ちを優先させることにした。

ちょっとだけ緊張しながら瑛司さんに返事を打つ。今日は二人ってことを伝えて時間を聞くと、すぐに返事があった。

「七時半ね。おっけー」

よし、時間ができた。作り置きの料理でも作りながら、講義ノートを見よう。

記憶喪失が受験期じゃなくて本当によかったよ。せっかく覚えた単語とかいろいろが吹き飛ぶところだった。たとえばあの事故が一月とか二月だったら完全に受験失敗してたと思う。

で、二時間くらいキッチンにいて、約束の時間の十五分前に家を出た。

さすがにもう暗くなってる。閑静な住宅街っていっても、この時間ならそこそこ人通りはあって安心だ。二百メートルも行けば店が建ち並ぶ通りに出るし。

指定された店はすぐわかった。テナントビルの三階で、エレベーターを降りると和風モダンな空間が広がってた。

「お待ちしておりました。東谷さま」

「え……あ、はい」

予約者名を言う前に、この反応。僕の特徴でも言っておいた……そんなわけないか。あれ、もしかして知り合い？

でもどう確認したらいいかわからなくて、黙ってついてく。案内されたのは二人用の個室だ。まだ瑛司さんは来てない。でも僕がメニューを開いて眺めてるうちに、パリッとスーツを着こなした瑛司さんが入ってきた。

「あ……えっと、お帰りなさい」

言ってから、変な挨拶《あいさつ》しちゃったなと思った。瑛司さんも珍しくおかしそうにほんのちょっとだけ笑っていた。

「ただいま。もう頼んだのか？」

「まだ。いま来たばっかだから……あの、もしかして僕ここに来たことあります？」

「何度か」

「そっか……だからか」

瑛司さんの言った通り、オーダーを取りにきた店員さんも顔なじみだったみたいだ。口振りがそんな感じだった。

　恋人かどうかはともかく、瑛司さんと打ち解けてたのは本当なのかもしれない。

　僕の食べたいものでいいって言うから、その通りに頼んでいく。店員さんが出て行くと、瑛司さんはまたふっと笑った。

「記憶があってもなくても、頼むものは同じなんだな」

「え……そ、そうでした？」

「ああ。ま、好みのものを頼んでるんだから当然か。季節メニュー以外は君のド定番だった」

　だから瑛司さんは僕にオーダーを任せたのかもしれない。いつもと同じものを頼むことを予想して丸投げしたか、単に様子を見ていたか。どっちもありそう。

「瑛司さんの好みと多少は被《かぶ》ってます？」

「そうだな」

「じゃ、普段僕が作ってるので問題なしですか？」

「文句を言ったことがあるか？」

「ない……と思いますけど、黙ってるだけかもしれないし」

「口に合わないものを好んで食べようとは思わないな。嫌なら外ですませて帰ってくればいいことだろう？」

「まぁ、そうなんですけど……」

遠慮して言わないっていうタイプでもなさそうだしね。はっきりとは言わなくても、遠まわしには言いそう。

納得したし、安心した。

「あ、もしかしてこういう話、前もしました？」

「同居するようになって、わりとすぐしたな」

「あー、やっぱり。すみません、なんか面倒くさい感じで」

黙ってただけで、きっといままでも二度目の会話がいろいろあったんだろうなぁ。さすがに申し訳ない気持ちになる。

よし、じゃあ思い切って正直に言ってみよう。二度目かもしれないけど。

「あの、実は瑛司さんのこと怖いなって思ってたんです。苦手、っていうか……これ、前にも言いました？」

「言われたな」

「何度もすみません。てっきり嫌われてるんだと思ってて……」

「誤解されても仕方ないと理解しているつもりだ。悪気のあるなしにかかわらず、ついああいう言い方をしてしまうんでね」

「ついなんですか……」

しかも悪気のあるなしって言ったよ。つまり悪意バリバリで言うときもあるってことだよね。

僕が微妙な顔をしてることに気がついたのか、瑛司さんはふっと笑った。

「ちなみに君に悪意でもってものを言ったことはない。大方、篤郎がまたなにか吹き込んだんだろうが、俺が君を疎ましく思っているという事実もない」

見事に読まれてた。それだけ篤郎がわかりやすいってことか。

「篤郎って、本気でそう思ってるんでしょうか……？」

「あの事故を仕組んだのは俺じゃないかと言われたことがあったな。まぁ憎まれ口の一種だと認識しているが」

「ですよね。本気でそう思ってるなら、こんなふうに僕と瑛司さんを二人きりにはしないですよね」

それこそずっと居座るとか、僕のそばを離れないとか、するんじゃないかな。恋人ならなおさら。

そうか、やっぱりあれは憎まれ口なのか。瑛司さんもそういう認識だったんだね。

「理玖」

「はい？」

「敬語はいらない。普通に話してくれ」

「え、でも……」

「このあいだまでそうだったんだ。だから違和感があってね」

「そ……そうなんだ……」

僕が瑛司さんにタメ口なんて信じられないけど、こんな嘘を言うメリットも意味もないよね。何回も二人で外食してるみたいだし、仲良くなってたのは本当なんだろうし。

それに断ったら悪い気がする。断る理由もないしね。

「えっと、じゃあなるべく普通に。慣れるまではごちゃ混ぜかもしれないけど」

「ああ、それでいい」

って言って瑛司さんはふわっと笑った。

「うわぁ」

なんだいまの。なにその破壊力！　いつもの「ふっ」みたいなシニカルなやつじゃなくて、もっとこう柔らかい笑顔だよ！　いまのは絶対「ふわっ」だった！

あれ、でもなんか……その顔知ってるような気がする……。どこで見たっけ？　いや、初めてのはずだよね。だってあんなの一度見たら忘れ——。

「あ……」

僕には一年の空白部分があるんだ。忘れちゃってる事実がある。もしかしてそのあいだに見た、とか？　でも戻る可能性はほとんどないみたいなこと言われたし。

そう、ほとんど。ってことは確率はゼロじゃない。もしかして全部じゃなくても、戻る可能性あるんじゃ……？

「どうした、理玖」

「あ、ううん。なんでもない」

です、まで付けようとしてなんとか飲み込んだ。それがおかしかったのか、瑛司さんはうっすら笑ってる。

今日は機嫌がいいのかな。見たことないくらい表情が変わる。って、見たことはあるのかもしれないけどね。

ちょうど店員さんが飲みものを運んできて、一拍置いた感じになった。店の人が来るとどうしても黙っちゃうんだよね。滅多に行かないけどカラオケなんかでもそう。平気で歌い続ける篤郎が羨まし……くもないや別に。

立て続けに最初の料理も運ばれてきて、食べながら当たり障りのない話をした。勉強的な意味で一年の穴を埋められそうか、とか、大学の知り合いは把握できたか、とか。ほとんど僕の学生生活についてだった。

意外だった。瑛司さんって思ってたよりずっと話しやすい。っていうか、話をよく聞いてくれて、いい感じに質問とか相づちとかくれる感じ。

記憶がないあいだに仲良くなってたのも納得だな。うん、同居してるって知ったときはどうしようかと思ったけど、これなら大丈夫。

「第一印象が悪すぎたんですよねー」

「……確かに君の顔は強ばってたな。恐怖映画でも観ているみたいだった」

「だって、弁護士さんは僕が実子っていう前提で話してるのに、瑛司さんはそうじゃなかったっていうか……」

弁護士さんは柔和なタイプで、物腰が柔らかかった。最初から僕に、東谷理《おさむ》の息子として接してくれたんだ。

その隣で瑛司さんは、どこの馬の骨が……みたいな感じで僕を見てた、ような気がした。いまとなっては被害妄想みたいなものかな、とは思ってるけど。

ちなみに理っていうのは僕の父親のこと。いや、名前知ったときは「えっ」と思ったよ。僕の名前って、しっかり父親から取ってるじゃんって。

嫌いだったらもっと違う名前にしたよね。まったくお母さんは素直じゃないな、って笑いそうになった。

「ＤＮＡ鑑定をするべきだって言ったし」

「ああ、言ったな」

「だから、ああこれ疑われてるんだなって。この人は実子じゃないって立証したいんだろうなぁ、って思って」

「逆だ」

「え？」

「親子関係を立証して、外野にあれこれ言わせないようにしたかったんだ。数は少ないが、親戚はいるからな」

うん、いるらしいんだよね。僕にとっては父方のお祖母《ばあ》さんの従兄弟の子供とその奥さんと息子、ってことになる。ようするにお父さんの又従兄弟。でも交流はほとんどなかったって聞いた。

「黙っていたんだが、理さんが亡くなった後に一度東谷家に来たことがある」

「え、いつ？　全然知らない……あ、記憶喪失中？」

「いや、葬儀をすませて間もなくだ」

お父さんのお葬式は家族だけの、本当にひっそりとしたものだった。本人の希望で、僕たち二人と弁護士さんと、たった三人だけ。弁護士さんはお父さんの親友でもあって、すごく信頼してる人なんだ。で、初七日がすんでから弁護士さんが一応ってことで知らせたらしい。

親戚は見舞いにも来なかったくらい——それ以前に病気のことも知らなかったくらい疎遠だった模様。まぁ何年か前に海外へ移住したたって話だから、それもあるんだろうけど。どこだっけ。タイだかマレーシアだか、そのあたり。

「お悔やみに来たんですか？」

「建前はそうだな。実際のところは、遺産の行方が気になったんだろう。死んだ後に葉書一枚で知らせるなんて冷たいとかなんとか言っていたが」

瑛司さんは鼻で笑った。うん、瑛司さんに同意します。

「でも相続権はないよね？」

「ないな。それでも厚かましく形見分けを要求してきたんで、見栄えがよくて価値の低そうなものを適当に見繕って渡した。もちろん理さんのものじゃないが」

「わー……」

お父さんが仕事の付き合いなんかでもらった記念品とか贈答品が、箱に入ったまま納戸に眠ってたりするらしい。今度整理してみよう。

それはともかく、僕についてどんな反応をしたのか気になる。

「僕のことはなんて言ってた？」

「そのとき初めて君の存在を知ったわけだからな。最初はぽかんとしていたが、そのうち本当に息子なのかと詰め寄ってきた。財産狙いの赤の他人じゃないかと」

なるほど、そこでＤＮＡ鑑定が生きたわけだ。

「来たのはそれっきり？」

「ああ。頻繁に来るほど近くもないしね。それにあの連中は俺のことが苦手らしい。理玖の後見人が俺だと知って諦めたんだろう」

「諦める？」

「俺がいなければ、理玖に取り入っていただろうな。親戚とは名ばかりの寄生虫だ。甘い汁を吸うことしか考えていない」

かなり刺々《とげとげ》しい……ってよりもザクザクと刺すような感じだ。この調子で親戚の人たちと話してたんだろうな。その人たちの気持ちが僕にはよーくわかる。怖いもんね。きっとその人たちって、基本的には小心者なんだと思う。

瑛司さんが言うには、昔はよくお父さんに会いにきてたらしいんだけど、瑛司さんが引き取られてきてからは足が遠のいたんだって。で、その後、海外に移住した、と。

「あらためて言うが、一応注意はしておくように」

「はい。顔と名前は頭に入ってます」

引き取られてすぐに、念のためにって教えられたんだよね。もし接触してくるようなことがあったら、すぐに教えろとか言われて。

いろいろ気をまわしてもらってたんだなぁ。いまごろになってわかるなんて……いや、きっと記憶喪失中の僕もどこかで知ったんだと思う。

「よかった」

自然と顔が緩んでしまった。そうしたら瑛司さんが少しだけ目を瞠《みは》った。

「なにがよかったんだ?」

「瑛司さんに嫌われてなくて、よかったなぁって」

思ったまま言ったら、なぜか溜め息をつかれてしまった。どうして。

「そういう隙《すき》だらけの顔は無闇に晒《さら》すものじゃない。絵に描いたような鴨《かも》だぞ」

「それって騙《だま》しやすそうってこと?」

「実際そうだろう。警戒心はあるらしいが、あるだけで役に立たないタイプだ。それが顔に出てるんだ。いかにも緊張感がない」

「ひどい」

そこまでゆるゆるじゃないと思うんだけどな。あ、でも棘は全然感じなかった。嫌われてないってわかったせいかな。気持ちもすごく軽くなった。晴れやかな気分ってこういうことかもしれない。

この一年間、僕はどうやって瑛司さんと過ごしてたんだろう。

気になる。記憶喪失中の僕は、瑛司さんとのあの初対面を知らないわけだから、印象も違ってたのかな。

「あの、前にも聞きましたけど、記憶喪失中の僕とのこと……瑛司さんから見て、いまの僕と違ったりします？」

あのときは単純に性格を聞いたつもりだった。いまのは関係性というか、瑛司さんへの態度とかの違いだ。

質問の意図はちゃんと伝わったらしい。瑛司さんは軽く頷いた。

「俺との関係性が違うわけだから、その意味では当然だな。俺を見る目が違うし、言葉や距離感もまったく違う」

「そ……そうですよね……」

恋人だったなら、当然そうか。わかりきったことを聞いてしまった。

「とりあえず俺が君を嫌っているなんていう誤解は、めでたく解けたわけだな」

「あ、はい」

「この状態が、去年の事故後と同じような感じだ。二度目の初対面は言葉に注意して、第一印象を悪くしないようにしたからな」

「なるほど」

だったら打ち解けるのも早かったのかも。事故前の僕は初対面があれで、その後もあんまり会わなかったからね。

ふと気がつくと瑛司さんがじっと僕の顔を見てた。

不覚にもドキッとして……いや待って、なんだドキッて。

いやでも、こんな格好いい人に黙って見つめられたら、平然とはしてられないよね。色気もダダ漏《も》れだし。

「ち……ちなみに、瑛司さんは僕のどこが、いいと？」

どこが好き、とは聞けなかった。曖昧《あいまい》にごまかしたような聞き方をしたのに、瑛司さんはちゃんと意図をくみ取ってくれた。

「素直で健気《けなげ》で、可愛いと思った。庇護《ひご》欲なんてものが自分にあるとは思っていなかったが、見事に芽生えたよ。そこからだったな。それと、毎日笑顔で俺を迎えてくれたことや……まぁ、数え上げたらキリがない」

つまり瑛司さんが好きになったのは記憶喪失中の僕であって、いまの僕じゃないってことでは……。

それとも一度好きになったら、それは関係ないのかな。よくわからない。

でも僕が知らない二人の時間があるのは確かなんだ。

なんだろう。なんか、もやもやする。

「もう一度頭ぶつけたら、記憶が繋がったりしないかな……」

「そういうことは口にしないでくれ。冗談だとしても笑えない」

「ごめんなさい……」

静かなトーンだったけど、結構マジで叱られた。実際記憶喪失なんてものになっちゃった僕が言うと洒落にならないよね。反省。

でも、ちょっと嬉しかったりもする。八つ当たりとか理不尽じゃないことなら叱られるのは大歓迎だ。

「くれぐれも気をつけて行動してくれよ。それと、できれば篤郎に隙を見せるな」

「え？」

「あいつの気持ちはわかってるだろう？　襲ってくるようなやつじゃないだろうが、一応ね」

「……そういうこと、全然気にしてないんだと思ってた」

「気にするに決まってるだろう」

そのわりには淡々としてるよね。いまの忠告だって保護者が素行を注意するみたいな感じだった。

心配、っていう感情しか乗ってなかった。

「だって、そんな感じしなかったし……篤郎がベタベタしてきても平然としてたじゃないですか」

「おかげで篤郎は安心して帰っただろう？　向こうの家にも配慮しないとな。息子の好きにさせてはいるが、東谷家に関わることを両親は喜んでいないんだよ」

「そうなんですか？　ああ、でもわかるような気がします。向こうにとっては別れた奥さんの実家なわけだし……」

　特に篤郎のお母さんには複雑な思いがあっても不思議じゃない。篤郎がどこまでわかってるのかは不明だけど、まったくそのへんに気付いてないとも思えないから、おとなしく帰っていったのかもしれない。

「俺の動向次第では意地でも居座ったんだろうが、素直に受け取ったらしいな。まったく単純でいい。あれの数少ない美徳だ」

　いや、いまのは褒めてないよね。うん、いつもの瑛司さんだ。別に嫌いじゃなさそうなんだけど、可愛いとも思ってないみたいな感じがする。

　話の合間に次々と料理が運ばれてきて、わりとゆっくりめの食事は進んでいく。一皿の盛りがそんなに大きくないから種類がたくさん食べられていい。

　瑛司さんも箸《はし》が進んでる。ここ何日かでなんとなくこの人の好みもわかってきた。なにが好きとか嫌いとか言わないんだけど、たぶん肉とか魚が好きで、ホクホクしてる系の野菜——芋とか南瓜《かぼちゃ》とかは食感が好きじゃない気がする。

いまも鯵《あじ》の南蛮漬け食べてるし。甘い味付けはそんなに得意じゃないみたいなんだけど、そこに酸味が加わると好きみたいなんだよね。

今度、家でも作ってみようかな。

頼んだ料理はシェアする前提だから僕も南蛮漬けを食べてみた。うん、もうちょっと甘さ控えめに作ろう。小鯵もいいけど普通の鯵のほうが手に入りやすいし、小さく切ればいいか。

「ここ、美味しいですね」

「月に二回くらいの割合で来てたよ」

「そうなんだ……」

覚えていないことがだんだん申し訳なく思えてきた。忘れたのは僕のせいじゃないけど、思い出と一緒に瑛司さんに向けてた気持ちもなくしたってことだから。

恋愛の意味で好きだったかどうかはわからないけど、好意はあったと思う。せっかく打ち解けて距離も縮まったのに、また一からやり直しなんて面倒だろうなぁ。

いやそれ以前に、恋人が自分への気持ちをなくしてしまったなんて、相当ショックなはずだよ。

僕がその立場だったら——瑛司さんが恋人だったとして、ある日それを忘れられてしまって、最初に会ったときみたいな目を向けられたとしたら……？

想像しただけで辛《つら》い。絶対に泣く。そのまま逃げ出してしまうかもしれない。

思い出せたらいいのに。って、強くそう思った。

「理玖？」

「あ……ごめんなさい。ちょっとぼうっとしちゃって」

「慣れてる。君はときどき人の話を聞いていないことがあるからな」

「……すみません」

自覚はある。急に自分の考えに没頭しちゃって、外の音とか聞こえなくなることがよくあるんだ。それで何度か相手から怒られたことがある。

「追加オーダーは？」

勝手な想像で震えてたのに、瑛司さんの声を聞いてたら落ち着いてきた。

せっかく二人で和やかに食事してるんだから、変な雰囲気にならないようにしないと。

「えっと、じゃあなにか主食っぽいもの……おにぎりにしようかな」

こういうところだと温かいおにぎりかな。ちょっと期待してしまう。好きなんだよね、ふわっとしてて温かいやつ。

瑛司さんは？　って聞いたら同じでいいって言われたから二つ追加オーダーした。そういえば飲みものを追加しなかったけど、アルコールは最初の一杯でいい人なのかな。家でもお酒飲んでるところを見たことない気がする。

「お酒……どのくらい強いんですか？　あんまり飲まないイメージだけど」

「とりあえず酔ったことはないな。学生の頃に俺を潰《つぶ》そうと目論《もくろ》んだ人間が何人かいたんだが、悉《ことごと》く失敗に終わっていた」

「合コンですか？」

「ゼミやサークルの飲み会だよ。合コンは面倒だから断ってた」

確かに面倒だろうなぁ。だって瑛司さん目当ての女子とか山ほどいただろうし。

「サークルって、映画の？」

「ああ。誰かに聞いたのか」

「篤郎から。でも正直イメージが湧かなくて……映画も撮ってたんですよね？　その……いまからでも、そっちの道へ行こうとかは思わないんですか？」

「無理だな。才能がないんだ。見るほうが楽しいってわかったしね」

「ソフトいっぱい持ってますよね」

リビングのテレビ周辺にも大量に置いてあるし、瑛司さんの部屋にもその何倍もあるらしい。まだ部屋には入ったことないから現物は見てないけども。

「僕もわりと好きなんです」

「知ってる。篤郎ともよく観に行っていたからな」

「も、ってことは瑛司さんと行ったこともあった？」

「ああ」

「そっか。じゃあ今度行きませんか？　あ、その前にお勧めのソフト貸してください」

「じゃあ一緒に観ようか」

「はい」

やった、楽しみ。って、なんで流れるみたいに約束してるんだ僕は。しかも自分から映画に行こうとか誘ってるし。

勢いって怖い。いやまぁ勢いってほどのものでもなかった気もするけど。

その後は和やかにご飯を食べて、大して涼しくもなってない夜道を歩いて帰った。今夜も熱帯夜らしい。家のなかは快適だからいいけどね。

家に戻ってからシャワー浴びて、一緒に映画を観ることになった。帰り道でも映画の話になって、そういう流れに……。

遅くなると明日の仕事に差し支えるんじゃないか、って言ったら、なんと明日から休暇らしいです。夏期休暇に有休をくっつけて、まるっと十日間も休みなんだって。さすが外資系。

で、映画は面白かったんだけど、わりとゆったり話が進む感じだったせいか睡魔に勝てなかった。記憶が戻ってから、現状の把握とか勉強とかいろんなことで頭使いすぎてるせいか、遅くまで起きていられなくなっちゃって。

だから途中から映画の内容も曖昧で、気がついたら意識が落ちてしまっていた。

僕を呼ぶ声が遠くでしてる。瑛司さんの声だ。

「理玖」

聞いたことがないくらい甘くて優しい。違う、僕はこの声を知ってる。気がするじゃなくて、絶対に知ってる。

起きたら覚えてない夢みたいに、感覚だけ残ってる……そんな感じ。

なんだろう。なんでこんな、胸が締め付けられるような気持ちになってるんだろう。

目を開けて瑛司さんの顔を見たいのに、どうしてもまぶたが持ち上がらない。手を伸ばして触れたいのに、指先すら動かない。

そのまま意識は沈んでいって、瑛司さんの声はまた遠くなってしまった。

パチッと目を開けて、しばらくは自分がどこにいるのかわからなかった。夢のなかにまだ半分いるみたいで。

けど自分の部屋だってことはわかる。エアコンがゆるめに効いてて、ちゃんと夏掛けが身体に乗ってる。

「……まだこんな時間か……」

外は明るくなってきてるけど、明け方っていってもいい時刻だ。もう一眠りくらいできる。

起こしかけた身体から力を抜いて、ふっと息をついた。思ったより大きな音になったことに驚いてしまった。

瑛司さんもさすがにまだ寝てるはずだから静かにしないと。って、別に溜め息くらいじゃ聞こえるはずがない。

どんな顔して寝てるのかな。記憶喪失中の僕は、あの人の寝顔を知ってたのかな。

恋人だったっていうのが本当なら、きっと知ってる。正直あの話はまだ受け入れられないんだけど、もし僕に恋人がいたんだとしたら、それは瑛司さんしかない気がしてる。

ああ、もう完全に意識しちゃってるじゃん！　絆《ほだ》されるの早すぎるよ。昨日の夕方までの僕はなんだったんだよ。

「我ながらチョロい……」

ただね、誰でもってわけじゃないんだよ。だってスキンシップだったらここ一週間の篤郎なんかすごくて、しかも僕が好きだって隠そうともしない。それでも篤郎を意識したりしなかった。

そこを前提に考えて……うん、やっぱり篤郎が恋人だっていうのは嘘だと思うんだ。

かき氷のとき、篤郎はデートっぽいことしてみたかった、って言った。あのときは可愛いこと言うなぁ、としか思わなかったけど何度もデートしてたやつは言わない気がする。たまたまそんな言い方になったっていえばそれまでなんだけど、僕の感覚も篤郎は違うって訴えてくるんだよね。

だってもう全然想像できない。あいつの気持ちが嘘だとは思わないけど。

瑛司さんは……なんか、うん……実は違和感がなくなってる。

どうしよう、ほんと。好きとか恋愛とか、よくわからないのにさ。恥ずかしくて誰にも言ったことないんだけど、僕は初恋もまだなんだよ。いいなーくらいに思ったことはあったけど、あれは恋ってほどのものじゃなかった。

いくら考えたってわからない。なのに考えることはやめられなくて、気がつけば瑛司さんとの会話とか、表情とかしぐさとかを思い出して、ああだこうだと真偽を探ろうとしていた。

目を閉じて、出口の見つからない迷路をぐるぐるしてるうちに、僕はまた眠ってしまったらしかった。

夢だってわかってた。映画を観てるような感覚じゃなくて、自分の目で見て、耳で聞いて、体感してる夢だった。

僕はベッドにいて、裸で、誰かに触れられてる。

『あっ、ぁ……ん』

大きな手が肌を撫でて、あちこち触ってきて、そのたびに自分のものじゃないような甘ったるい声が出る。

目を開けてるのに相手の顔は見えない。ただ男の人だってことと、僕よりもずっと大きな人だってことだけわかる。

相手の人がなにか言っても、声が認識できなかった。でも熱っぽくて甘い響きだってことだけが不思議とわかった。

それからすぐに胸に刺激があって、相手の人がそこに顔を埋《うず》めてるんだって知った。舐《な》めたり軽く嚙まれたりして、そのたびに僕の身体はびくっと震えてしまう。じんじんして、強く吸われると腰まで響いて、腰の奥が熱くなっていく。

歯を立てられてるのが気持ちいいなんて、どうなってるんだろう。痛くなる寸前くらいの微妙な刺激がたまらなくて、こんなことで感じてる自分が信じられなかった。

さんざん弄《いじ》られてて、気がついたら身体のなかに指が入ってて、動かされるたびに熱が溜まっていく感じがした。

『やっ、そこ……気持ち、い……』

身体のなかを触られてるのに気持ちよくて、未知の経験のはずなのに少しも怖くなかった。

ううん、違う。僕はきっとこれを知ってる。何度もこうやって抱かれて、身体はきっと慣れてしまってるんだ。

胸から離れた唇が今度は僕のものを舐めて咥《くわ》えて、同時に指が後ろを犯していく。指先が容赦なく内側のある部分を抉《えぐ》って、瞬間意識が飛ぶかと思うほどの衝撃が襲ってきた。

それは怖くなるくらい暴力的な快感だった。

自分の声がひどく遠い。あんあん言いながら僕はイッて、それでも許してもらえなくて深いところまで指で責められた。

声は優しいのに、その人はちっとも僕の懇願を聞いてくれない。半泣きになった頃になって、よう

やく指が引き抜かれた。

それからゆっくりと、圧倒的な大きなものが僕のなかに入ってきた。

苦しくて、辛《かろ》うじて痛くないっていうくらいのひどい異物感があるのに、たまらなく幸せで満たされた気持ちになった。

『あっ、や……ぁあっ、ん』

がんがん突き上げられて、声が止まらなくなる。

僕の喘《あえ》ぎ声と、肌が当たる音と卑猥《ひわい》な濡《ぬ》れた音、それから相手のかすかな息づかい。

途中、なにか言われた気がしたけど、やっぱり聞き取れなかった。

打ち付けられる腰の動きは激しくなって、僕はひいひい言って泣きながら相手にしがみつくしかできない。

気持ちがいい。こんなの知らない、こんな……違う、知ってる。僕はこれを何度も知ってるはずだ。だって自分がこの先どうなるのかわかるんだ。

苦しいほどの快感が僕をぐずぐずに溶かして、もう死んじゃうってくらいにさせられて、怖いくらいなのに幸せで。

愛されてるっていう実感に満たされながら——。

『あぁぁっ……!』

一際深くねじ込まれて、脳天まで快感で貫かれた感じがした。

耳元で囁《ささや》かれた声は、甘く掠《かす》れた、とてもよく知っているものだった。

夏掛けを跳ね上げるように飛び起きて、しばらく僕は茫然《ぼうぜん》としていた。

「な……なにあれ……」

生々しい夢だった。感覚までリアルで、身体の奥が熱く疼《うず》く感じがはっきり残ってる。っていうか、なかに出された感じまでわかるってどんな夢……？

欲求不満だったのかな。いやでも、僕ってそういうえっちな夢、一度も見たことなかったんだけど！

アダルトビデオだって観たことないんだからな。だって機会がなかったし、自分から積極的に観たいとも思わなかったし、友達はなんでか知らないけど僕には下ネタも振ってこなかった。そんな余裕もなかったっていうのもある。施設にいる頃は勉強とアルバイトと、小さい子たちの世話とかで手一杯だったし。空いた時間は本を読んだりしてた。

こっちに来てからは、ちゃんとしてなきゃお母さんが悪く思われるかもしれないって感じで、付けいる隙を見せないくらい真面目《まじめ》にやってたし。

自分でも淡泊なほうだと思ってた。性欲はないわけじゃないけど、簡単に振り払えちゃう程度のものだった。

「でもあれって……」

夢での体験はやけにはっきり覚えてる。だから軽くパニックになってるんだ。

だって想像じゃ補えないような行為がたくさんあった。男でも乳首って感じるの？　っていうかあれって舐めたりちゅーってするだけじゃなくて、噛んだりするんだ？　耳のなかに舌入れたりとか、考えたこともなかったよ？　しかもそれ気持ちいいとか信じられないんだけど？　それと、あの……ナカ……なんだけども、触られると相当とんでもないことになる場所があったよっ？　あんなの知らないよ。理屈もわかんないよ！

男同士がどうやってするか……程度なら前から知ってた。けど、詳細までは知らなかったんだ。

やっぱり僕が瑛司さんの恋人っていうのは本当な気がする。相手の人、顔も声もわかんなかったけど、瑛司さんだって言われても違和感ない雰囲気だった。

試しにあれを篤郎に当てはめて……いや、違う。絶対違う。

「どうしよう……」

って、選択肢なんか二つしか浮かばない。なかったことにして普段通りに生活するか、こんな夢見ちゃったーって瑛司さんに言うか。いやいや、言えるわけないじゃん。やっぱりなかったことにしよう。うん、そうしよう。

方針が決まったところで時計を見たら七時四十分だった。さすがにもう一度寝る気にはなれなくて、部屋着のまま部屋を出る。僕にとって部屋着ってパジャマでもあるんだけど、一応近所のコンビニくらいなら行ける格好でもある。

そっと階段を下りていって、キッチンで静かに朝食の用意をした。今日はフレンチトースト。近くのパン屋さんの山型パンって卵液が染みこみやすい生地で、普通にトーストするよりも好きなんだ。

僕はメープルシロップがけで、瑛司さんはハムとチーズに合わせるタイプ。僕的には初めて瑛司さんに振る舞うんだけど、もしかしたら作ったことがあるかもしれない。それにサラダを添えて、家政婦さん作の冷凍作り置きスープ。コーヒーはマシンに任せた。

焼き上がりを待ってフライパンを眺めてると瑛司さんがやってきた。同じ階なのに音が全然聞こえなかったよ。まぁ広いから当然か。

「おはよう、早いな」

「あ……おはようございま……す……」

反射的に顔を見て、目が合った途端にさっと逸らしてしまった。人生最速ってくらいのスピードだった。

だって顔なんかまともに見られるはずない。料理してるあいだは忘れてた夢のことがバババッと頭に浮かんじゃったんだよ。

心臓がばくばくしてる。顔だってきっと赤い。

「……どうしたんだ?」

「な、なんでもな……くはないけど個人的な事情なのでおかまいなく！」

こんな言いぐさで納得するかよ、って自分でも思ったけど、瑛司さんはただ「そうか」って言って、出来上がったコーヒーをカップに注ぎ始めた。

ほっとしたような、がっかりしたような、複雑な気持ちだった。

僕だけが一方的に気まずい気分になりながら、出来たフレンチトーストをダイニングに運んだ。

向かい合って食べるのが辛い……。昨日の夕方までとは全然違う意味で緊張するし、間が保たない。絶対これ不自然だ。

「ええと……昨日は僕、途中で寝ちゃったんだよね？」

「ああ」

「もしかして部屋まで連れて行ってくれました？」

そろっと目だけ上げて顔を見たら、なんだかすごく楽しそうな顔をしてた。一瞬しか見なかったけど、確かにそうだった。

「お姫さまのように抱き上げてね」

ひいいいっ……！　危うく声に出して叫びそうだった。恥ずかしさといたたまれなさと、想像しちゃった絵面の衝撃度に、次の言葉は出てこないし顔も上げられない。顔は間違いなく真っ赤だ。だって熱いもん。

遠くから聞こえてきた声……甘いあの声が蘇《よみがえ》ってきて、心臓の音が聞こえてきそうなくらい動揺しちゃってる。もう味なんてわからない。

ほとんど自動的にフレンチトーストを口に運んで、合間にコーヒーとかスープとか飲んでたら、ふっと頭のなかにある場面が浮かんだ。

いまと同じで、瑛司さんと向かい合ってご飯を食べてるところだった。場所もここだ。テーブルには鍋があって二人で笑いながら突《つつ》いて――。

記憶が戻ってから鍋なんて一度も作ってない。夏だし。それでもって事故前は瑛司さんと二人で食事をしたことなんてなかった。

つまりこれ、記憶喪失中に実際あったことなんじゃ……。

「あ、あの……つかぬことを伺いますが、記憶喪失中にここで鍋やりました？」

「何度か」

「二人だけで？」

「ああ」

「そうですか……」

やっぱりだ。もしかしてこのまま少しずつ思い出していって、最終的に記憶が繋がるなんてこともあるのでは。

そうしたら、僕たちは晴れて恋人同士に戻ることに……？

でも瑛司さんは本当のところどう思ってるんだろう？　だって恋人だったとは言ってたけど、好きだとかそういう気持ち的なことは一度も言ってないし、スキンシップだってない。篤郎とは正反対だ。篤郎に気をつけろって言ったのも気にしてるって言うのも、保護者として、みたいな響きだった。

昨日から二人きりになったのに、それっぽいアプローチはしてこなかったし。食事中とか帰り道とか映画観てるときとか、いくらだってチャンスあったじゃん。なんなら僕がシャワー浴びてるときなんて、大チャンスだったじゃん。

昨日までだってさ、いくらあの二人がいたとしても、まったく機会がなかったわけじゃないよね。別に隙を見て、なんてしなくても、堂々としたらよかったんだ。だって篤郎はみんなの前で僕に抱きついたり好きだって言ったりしてた。男同士だからって瑛司さんには隠す理由もないはず。

どういうこと?

なんだかんだ機会がなくて、僕は瑛司さんには「なかったことにしてください」って言ってない。なのに瑛司さんはまるでその提案を受けたみたいな態度だ。

もしかして……気持ちが切れちゃったとか?　瑛司さんが好きなのは記憶喪失状態の僕であって、いまの僕じゃない?

それとも初期状態に戻っちゃった僕に愛想が尽きた?

ぱちりと音を立ててパズルのピースが嵌まったような感覚になる。それと同時に小さくはない棘が自分に刺さったのがわかった。それは前に瑛司さんから感じてた言葉や態度の棘なんかとは比べものにならない痛みだった。

「どうかしたのか？」

「え……？」

なにも考えられなくなっていた僕は無防備に顔を上げてしまった。真っ向から視線が合い、そのまま固まってしまう。

直視していたくないのに目が逸らせなかった。

「なんというか、めまぐるしく表情が変わっていたからな。朝から情緒不安定か？」

からかうみたいな言い方だった。でもちょっと前の僕なら、皮肉を言われたって受け取っただろうな。

どうしよう。ここは確かめるべき？　でもなんて言って？

上手くまわらない頭で必死に言葉を探してたら、着信音が鳴り響いた。瑛司さんの電話だ。

ディスプレイを見て、一瞬だけ瑛司さんは不快そうな顔をした。けど無視することはしないで電話に出た。

女の人の声が聞こえてきた。内容までは聞き取れないんだけど、高い声がしてるのはわかる。

「合意書締結には同行しなくていいと聞いていましたが。……ええ、そうですよね。営業部のミスということでしょうか」

どうやら職場の人らしくて、担当してる仕事の件でどうしても出社しなきゃいけないらしい。本当なら休みなのに、事情が変わったのかな。

「そこが明確なのであればかまいません。一時間後くらいには着くようにしますよ。……いえ、それは結構です。では後ほど」

通話を終わらせて、瑛司さんは僕の顔を見た。

「せっかく休みなのに大変だね」

「まったくだ。たぶん二時間くらいで終わる。ランチの誘いは丁重に断ったからな」

「丁重……だったっけ？」

かなりバッサリ、即答で断ってたと思うんだけど。

相手は同じ部署のちょっと年上の人か、営業部の人なんだろうなぁ。たぶんそんなに年離れてないと思う。前者だったら労《ねぎら》いで、後者だったらお詫《わ》びとかの口実で、ランチを奢《おご》るとかなんとか言ったんじゃないかと推測。

モテるよね、絶対。誘いたくても理由がなかったら難しいから、こういう機会を狙ったんだろうけどさ。

「あ、そのままでいいよ」

食器を片付けようとしてた瑛司さんに軽く手を振って、片付けはする、と意思表示する。僕はどうせ暇だしね。

「悪いな。ランチはどこかで待ち合わせようか？」

「えっと、暑そうだから家がいいな。なにか作って待ってるね」

「ああ、楽しみにしてる」

それから十五分くらいで瑛司さんは支度をして出かけて行った。

そのあいだに洗いものは終わっちゃって、洗濯機をまわした後はリビングでぼんやりした。

ああ、なんかもう気持ちがすごく落ちちゃってる。瑛司さんの前ではなんとか取り繕ってたけど、一人になるとさっきの考えが浮かんできて……。

「聞きそびれちゃったな」

いまでも僕のこと好きですか。

聞きたいことはそれだけだ。

自分から好きって言うのは気持ちがまだはっきりしないっていうか、自信がないっていうか。間違ってたら大変だから無理。

でも時間の問題のような気もしてる。

記憶の断片と一緒に、好きっていう気持ちのかけらも戻ってきてるのかもしれない。思い出がほんの一部だけだから、気持ちもそうなのかもしれない。

「かけらにしては主張が激しいなぁ」

認めたくないのは、瑛司さんの心がわからないせいもある。

あの人のまなざしから、熱のようなものを感じないからだ。記憶が戻った日の朝には確かにあったと思う。距離感だって恋人のものだったし、僕を見る目だって熱を帯びてた。

でもあれっきりだ。僕を見る目は優しいけど、あくまで保護者のもの。

篤郎はわかりやすいんだ。垂れ流しって言ってもいいくらい。全身で好きって訴えてくるし、言葉でも伝えてくる。嫉妬もするし、欲みたいなものも感じる。

やっぱり瑛司さんは、いまの僕に興味はないのかな。恋人だったこと覚えてないって知った後は、いつだって冷静だったし。

実は後悔してたってこともあるかも。一時期の感情で恋人になっちゃったけど……ってやつ。

ああもう、嫌な可能性しか出てこない。僕ってこんなにネガティブだったっけ？

ソファでゴロゴロしながら唸ってたら、スマホにメッセージが入った。はっとして手を伸ばして、篤郎の名前を見たときは一気に力が抜けた。

瑛司さんじゃなかったっていう落胆と、篤郎でよかったっていう安堵《あんど》と。

気がついたら一時間以上たってたよ。洗濯機もとっくに止まってるはず。干しに行かなきゃ。ちなみに乾燥機能は使わないで、いつも浴室乾燥機を使ってる。

それはともかく、篤郎がもう近くまで来てるらしい。なんで？　昨日帰ったばっかじゃん……って思ったら、もともとそういう予定だったみたいだ。

急いでカレンダーアプリを開いたら、確かに篤郎の名前があった。なんかうちでゲームやることになってた。

「気が紛れていいかも……」

一人で考えごとをしてると、どんどん暗い方向に行っちゃいそう。

あ、またメッセージ。もう家に着いたって……。

ロックさえ解除すれば勝手に入ってくるよね。一応モニターで確認してから解除ボタンを押して、僕は洗濯ものを干しに向かった。あ、そのあたりも含めてちゃんと返事をしたよ。

それほど時間もかからずに作業を終わらせてリビングに戻ると、ゲームの準備をしてすっかり寛《くつろ》いでる篤郎が待ってた。

人の家で寛ぎすぎ。ソファで寝そべりながらコントローラー握ってる。

「親になにか言われなかった？」

「別に。高校んときのダチと遊んでくる、とだけ言ってきたし」

「……嘘ではないよね」

その言い方だったら、僕じゃない同級生って思うよね。昨日の今日だし。

深く追及するのはやめて、僕はソファの足下に座ってもう一つのコントローラを持った。

ゲームは楽しくて好きだけど、あんまり上手くはない。なんたってキャリアが浅いし、センスがないんだ。アクション系は特に苦手で、まぁまぁなのはパズル系。

今日のは篤郎が持ってきたアクションロールプレイングゲーム。有名タイトルの派生版みたいなやつで、かなり自由度が高いらしい。

篤郎に教えてもらいながら二人でマルチプレイを始めたんだけど、思ってた以上に身が入らなかった。もう何度倒されちゃったかわからない。

あー、まただ。パーティーを組んでる篤郎の足、思いっきり引っ張ってるなぁ。

「ごめん」

「いや別にいいけど……」

けど、なに？　ものすごくなにか言いたそうな顔なんですけど。

「なんかあったろ」

「断言するね」

そのあたりは微妙なところなんだよ。あったともなかったとも言えない状況じゃん？　僕が勝手に悶々《もんもん》としてるだけなんだから。理由は瑛司さんだけど、あの人がなにかしたわけでもない。普通に生活してるだけだ。

「人のこと言えねーけど、おまえも大概わかりやすいよな」

「そうかな」

「……やっぱ、あいつ？」

なんでそう思うかなぁ。いや、その通りなんだけど。

肯定したら間違いなく追及されるし、否定するにはもうタイミングを逃がしちゃってる。だから黙ってたら、いきなりガッと肩をつかまれた。

正面を向かされて、まともに視線がぶつかった。視界の隅でプレイヤーの敗北メッセージが流れてた。

「なんかされたのかっ……？」

「されてない。なんにもないよ。それより肩痛いって」

すぐ冷静じゃなくなって、力加減ができなくなるタイプらしい。暴力的ってことはないんだけど、興奮して無意識にものを壊すタイプではある。

言えば力は緩んだ。でも肩から手は離れていかない。

「恋人の心配すんのは当たり前だろ」

まだそれを言う？

「その件なんだけど……」

言いかけたとき、絶妙なタイミングでインターフォンが鳴った。

篤郎、いま舌打ちしただろ。聞こえたよ。

予告なしの訪問者は奨太だった。二人とも昨日帰ったばっかなのに、なんでまた来るかなぁ。あ、篤郎は約束してたんだっけ。

「暇なの？」

「うん。それとエアコン代もったいないから。ここだったら全体に効いてるしさぁ」

図書館みたいな感覚でうちに来てるのかな。まぁある意味では遠慮してるんだろうね。光熱費とかも含めて僕の口座から落ちてるから、奨太なりの節約って可能性もある。

でもこれ、本当にちょうどよかったかもしれない。いまここで、はっきりさせよう。

二人をダイニングに呼んで、冷たいお茶とチョコを出した。二人を並べて座らせて、僕は奨太の正面に座る。

「あのさ、本当のことを教えて欲しいんだ」

「なんの話？」

「僕に恋人がいたとかいなかったとかって話」

「あー、それね。うん、瑛司さんでしょ？」

あっさり！　ちょっと奨太！　いやいや、簡単に言いすぎでしょ。教えろって言ったのは僕だけど、いくらなんでも白状するの早すぎ。

隣で篤郎が目を剝《む》いてる。

「なに言ってんだよ、クソガキ！　理玖の恋人は……っ」

「まさか自分、なんて言わないよねぇ？　あんたはないよ。それにクソガキって言ったけど、三月生まれのあんたと四月生まれの俺は一ヵ月しか違いませーん。俺は理玖に嘘つかないから」

あんたとは違って、という続きの言葉が聞こえた気がした。それに怯《ひる》んだみたいに篤郎はおとなしくなった。

うん、ここでさらに嘘つくようなやつじゃない。恋人発言を撤回するまではしないけど、ものすごく気まずそうな顔して僕のこと見てる。

「前に聞いたとき、恋人いないって言わなかった？」

「聞いたことある？　って質問だったよね。だから聞いてないって言ったの」

「……確かに」

「でも薄々気付いてたよ。あ、別に意地悪したわけじゃないからね。どうせ元に戻るんだろって思ってたからさ、少しのあいだくらい俺が理玖の時間もらってもいいかなーって思って」

つまり瑛司さんの恋人になってから、奨太と会う回数とか時間が減ってた、ってことらしい。それを取り戻そうとして、あえて事実は伏せたってわけか。

「それは……ごめん。でもなんでわかったの？」

「だって理玖、半年くらい前から急に色っぽくなっちゃうし、キスマークついてたときもあったしさ。じゃあ瑛司さんしかあり得ないな、って」

「なんであり得ないんだよ」

あ、復活したよ篤郎。でも苦虫嚙み潰したような顔してる。

「理玖ってさ、昔から年上に弱いんだよねぇ。甘やかされたり、相手に包容力みたいなもの感じると、ふにゃふにゃになっちゃうの。俺とか年下の子たちの面倒見て、頼りがいあるお兄ちゃんとして頑張ってたけど、本当は超甘えん坊だからねぇ」

「ちょっ……」

「わりとチョロい」

いや、あの待って、なにその人物評。僕のことそんなふうに見てたの？　頑張ってお兄ちゃんぶってたとか、そう言いたいの？

わりとショック……。

「それは男限定なのか？」

「うん。なんかさ、理玖にとって女の人はどこまでいっても守る対象みたいなんだよねぇ。だからお姉さんでも小母《おば》さんでも、女の人だとわりとシャキッとしたまんま。褒められたり撫でられたりしたら、嬉しそうにはしてたけどね」

「よく見てんな」

「ブラコンですからぁ」

自分で言うなってば。しかもどや顔なのはなんで？

篤郎は呆れた顔になって、それから大きな溜め息をついて僕の目をまっすぐに見た。

「ごめん。嘘ついた。けど好きだっていうのは本当なんだ」

「……うん」

「俺と付き合って。後悔させねーから」

「却下です。絶対反対！」

僕が口を開くより早く奨太が挙手しながら叫んだ。なんで僕じゃなくて奨太がお断り入れるわけ？

「おまえに聞いてねーよ！　部外者は黙ってろ！」

「代弁したんですぅ。ねぇ？　断るつもりなんだよね？」

「あ、うん」

「ほらぁ。俺と一ヵ月しか違わないガキはお呼びじゃないってさ」

言ってないよ、僕はそんなこと言ってないからね。年齢は関係ないと思うんだ。年上に弱いってのが本当だとしてもだよ、篤郎が瑛司さんと同じ年でも好きにはならなかったはず。

それにしても……そうか、僕は年上の男の人に弱かったのか。うーん、よくわからない。でもそれと瑛司さんを好きになったのは別だと思う。

……ん？　あれ、なんか当たり前みたいに好きって……。

「いちいち腹立つんだよ！」

篤郎の怒鳴り声に、びっくりして我に返った。僕が考えごとをしてるうちに目の前の二人はヒートアップしてた。

篤郎が熱くなってる。奨太はそこまでじゃなさそうだけど引く気はないみたい。

相変わらず仲悪いんだね。ここに泊まってるあいだはトラブルもなかったから改善されたのかと思ってたけど、もしかして僕の知らないところではこうだったのかも。でも奨太は基本、スルーしてたはずなんだけど。

「だいたいなんであの野郎の味方してんだよ！」

「別にしてませんー。敵になる気もないけどねぇ」

「媚《こ》びてんじゃねーよ！」

「媚びてなにが悪いわけ？　兄貴の彼氏兼保護者なんだから、上手くやろうとするのは当然でしょお？　馬鹿正直が美徳なのは義務教育までよ？」

奨太の口から普段出さない本音がボロボロ出てきてる。奨太は前から篤郎とは「合わない」って言ってたからね。

篤郎も奨太の言動とか考え方が、とにかく理解できないみたい。

うーん、そろそろ止めないと血を見そうな感じになってきた。まさか取っ組み合いはしないだろうけど、小突くくらいはしそう。

二人を宥《なだ》めてからお昼ご飯の用意を始めようかな。いつの間にか十二時近くなってたよ。瑛司さんも帰ってくる頃だし。

「そうやって本音と建前が違うとこが気持ち悪いんだよ！」

「俺も幼稚な正義感振りかざしたり独善的なのって気持ち悪いと思ってるけどね！」

「ちょっ……」

思ったより早く篤郎が胸ぐらつかみ出しちゃって、僕は大慌てでテーブルをまわりこむ。とにかく二人を離さなきゃいけない。

もうなんで二人とも立ち上がってるんだよ。

「そもそも俺はあの人のこと嫌いじゃないからね。考え方とか価値観が近そうだし」

「確かに性格悪いとこなんて似てるかもな」

「えー、やだぁ。まさか自分が性格いいとか思っちゃってるぅ？」

「はい、そこまで！」

二人のあいだに両腕を入れて引きはがそうとしてたら、ただいまって声が聞こえた。わー、思ってたより早く帰ってきた。

先に気付いたのは奨太で、ふっと力を抜いて臨戦態勢を解くのがわかった。最初から手を出す気はまったくなさそうだったけど。

でも篤郎は興奮してるのか気付いてない。むしろ奨太が力を抜いて冷めた目になったことで、余計カッとなったみたいだった。馬鹿にされたとでも思ったのかもしれない。

「おまえっ……」

力が抜けてたとこに篤郎から押されて奨太は体勢を崩した。慌てて支えようとして、逆に僕がバランス崩しちゃったのはもう笑い話でしかないけど——。

すっ飛ばされたとも転んだとも言えるような事態になって、結構な衝撃が襲ってきて、ああどこかにぶつけちゃったなと思いながら、僕は慌てふためくみんなのことを冷静に見ていた。

瑛司さんが駆け寄ってきて、僕を呼ぶ。

鞄《かばん》投げ出してたね。そんな顔、初めて見たよ。動揺して慌てて、声も切羽詰まってて。

笑い話とか言っちゃだめなやつだって思いながら、僕は意識を手放した。

走馬燈《そうまとう》って、死ぬときに見るやつだっけ。

なんかそんな勢いで、僕はいま次から次へと浮かんでは消える場面を見せられてる。あ、でも走馬燈じゃないかもこれ。だって事故の後から始まってるから。

病室で目が覚めたら瑛司さんと奨太と篤郎がいて——。

瑛司さんがすぐ同居を決めて、不安だろうからって奨太が一緒に生活できるようにしてくれたんだ。夏休み中だけだったけど、一ヵ月近くあったからそれで僕も新しい環境にちょっと慣れた。

休学しないことを決めて、篤郎のフォローでなんとか大学生活を送って、秋頃に篤郎から告白された。

ああ、そうだった。断った後は気まずくなるって思ってたのに、篤郎はそれまで通りに接してくれた。

瑛司さんとも打ち解けて、最初はお兄さんができたみたいで嬉しかったんだ。

告白されたのは年が明けてから。そのときにはもう瑛司さんのことを意識しちゃってたから、自分の気持ちにはっきりした形をもらったような気がした。

「理玖……」

甘い、囁くみたいな声が好きだった。

もちろんいまだって好きだよ。記憶が戻る前も後も同じ僕なんだから。

声に誘われて目を開けて、最初に見たのは心配そうな瑛司さんの顔。一年前と同じような病室で、今回は瑛司さん一人だけだった。

ふと見たら手を握られてた。大きなこの手を、僕はよく知ってる。

「また病院のお世話になっちゃったなぁ」

「異常はないそうだ」

「頭……ちょっとズキズキする……」

恐る恐る触ってみたら、ちょっとコブができてた。

「倒れた場所が悪かったな」

あえて言わないみたいだけど、あれは僕の運動神経が悪いせいだ。バランス崩したが最後、それを立て直せる筋力とか体幹？　バランス感覚？　とにかくそういうのがだめだから、そのまま倒れちゃったんだと思うんだ。

「あの二人は？」

「いま夕食を取りに行かせてる。面会時間ぎりぎりまでいるんだと言って聞かなくてね。だったら胃になにか入れてこいと追い出した」

「……二人で？」

「仲良く、ね。反省を見せろと言ったらおとなしく連れ立って行ったぞ。途中で別行動を取るかもしれないが……」

どうなんだろうね、案外一緒に食べたりするかもしれない。ただし会話は弾まないこと請け合い。お互いの言動に苛《いら》ついてる人たちだからなぁ。

でも反省しろはちょっとかわいそうかも。別にあの二人にやられたわけじゃないし。原因にはなったけどね。あ、ケンカしたことは反省して欲しいからいいのか。

「えっと、いま何時？」

「五時……十七時を少しまわったところだ。もちろん日を跨《また》いだりはしてない」

「じゃあ六時間近く寝てたんだ」

「そんな暢気《のんき》な状況じゃなかったけどな」

「あ……はい、ごめんなさい。ご迷惑おかけしました。で……あの、今日は帰れないのかな」

「大事をとって一泊することになった。二度目だしな」

おっしゃる通り。これはもうなにも言い返せない。二度目の部分があからさまに強調されてても、甘んじて受けるしかない。

「気をつける」

「そうしてくれ。また記憶をなくされたら困るからな」

「あ……」

ヤバい、忘れてた。なんだかよくわからないけど、上手《うま》い具合に抜けてた一年分が戻って来て繋がったんだった。

たぶんね。全部戻ったかどうかの確信はないから、たぶんってことにしておく。

「どうした？」

「あのね、実は記憶喪失中の記憶も戻って……ややこしい！　えっとようするに、全部ではないかもしれないけど繋がったような気がする」

まだ少しあやふやな部分があって、一枚フィルターがかかったみたいな感覚なんだけど、でもあれが現実にあったことなのはわかってる。

瑛司さんのことがどれだけ好きなのかってことも、全部わかってる。

「理玖、それはつまり……」

なにか言おうとしてた瑛司さんに、僕はストップをかけた。軽く手を挙げて、手のひらを見せただけでわかってくれた。

今度は自分から言いたかったんだ。記憶をなくしてたときの僕も、戻ってからの僕も、瑛司さんを好きになった。

最初のときは言ってもらったから二度目はどうしても言いたい。

待ってくれてる瑛司さんの目をまっすぐ見つめる。

「好きです。まだ好きでいてくれるなら、もう一度恋人にしてください」

眩《まぶ》しそうに僕を見る瑛司さんの目が、温度の低いものから熱量を持ったものに変わってく。まるで鮮やかに色が変わっていくみたいだった。

それを見ただけで嬉しくなって、安心して、力がふーっと抜けていってしまった。

「家に帰ったら口説こうと思ってたのに先を越されたな」

そう言いながら、瑛司さんは僕を抱きしめた。覆い被さるみたいな形になって、かなりドキドキした。

「二回も譲らないよ。で、返事は？」

「もちろん、こちらこそよろしく、だ」

「よかった」

「そもそも恋人関係を解消したつもりはなかったけどな」

え、続行中だったの？　でも僕、すっかり忘れてたから続いてはいなかったと思うんだけどなぁ。

ちょっと首を傾《かし》げてたら、ふっと笑う気配がした。

「一時的に休止くらいの認識だった。戻らなくても、もう一度口説いて惚れさせればいいと思っていたしね。理玖が俺以外に口説き落とされるとも思っていなかったし」

うわぁ、自信たっぷりだよ。実際そうなったから、僕としては「はいそうですね」と言うしかない。

そうか、だからあんなに余裕たっぷりだったのか。

「なんか瑛司さんが今朝までと違って見えるよ」

「そうだろうな」

「だろうな、って……やっぱりわざとだったんだ？」

じゃないかなって、さっき気付いたんだ。ほら、みるみる僕を見る目が熱っぽくなったあれ。出し入れ自由なんですかね。

隠すのが上手すぎるよ。すっかり振りまわされちゃったじゃん。あ、客観的に見たら振りまわしたのは僕か。原因は事故と記憶喪失だけど。

「どうして？」

「ゼロか百かという問題だな。君へ向けるものの一部だけ見せるなんて芸当ができるほど、器用なことはできなくてね。怯《おび》えられるのは本意じゃないし、がっついてるのがバレて引かれるのも避けたかった」

えーと、ようするに僕に対してムラムラしてるのがバレないようにしてたら、まるで興味ないみたいな冷めた感じになっちゃった、ってことかな？　なんか身も蓋《ふた》もないな。

「篤郎が君に触れるたびに、割り込んで引きはがしてやりたい衝動に駆られてたな。ついでに家から叩き出してやりたかった」

「自信あったんじゃないの？」

「それとこれとは話が別だ」

そうなのか。うーん、そうかも。

「これからは口出しする？」

「当然だ。明日家に戻ったら、支度してすぐに出かけるぞ。何日か戻らないつもりでね。家にいると、うるさくてかなわない」

ようするに邪魔が入らないところへ行きたい、と。うん、支持します。僕も二人だけでいたい気分だから。

「楽しみ」

ふふっと笑みがこぼれる。瑛司さんの顔にそっと手で触れて、黙って目を閉じた。

誘ってます。キスして欲しいなぁって思ってると、近づいてくる気配がした。もう少し……ってところで、知ってる声が遠くから聞こえてきた。

思わずぱちりと目を開ける。と同時にノックの音がした。

「ただいまぁ……って、あー理玖起きてんじゃん！」

「マジかっ。ちょっ、てめぇ理玖から離れろクソ野郎！」

二人とも声が大きいよ。特に篤郎！　いまの声は絶対廊下に響き渡ってたし、口が悪いぞ。

奨太を押しのけるようにして篤郎が入ってきて、続いた奨太がドアを閉めた。そのあいだも二人は僕から目を離さなかった。

「とりあえず声だけは落とさないか。理玖に迷惑がかかるぞ」

「だから離れろって……っ」

一応声は小さくなったけどテンションはそのままだし、ベッドに半分乗り上げてる瑛司さんを引きはがそうとして服をつかんでる。

「ねぇ、もしかして記憶繋がった？」

さすが奨太。察しがよすぎるにもほどがあるよ。きっと瑛司さんの様子でわかったんじゃないかと思う。それくらい態度とか目とか違うもんね。篤郎はそれどころじゃないみたいで、まったく気付いてなかったらしい。

その篤郎は、はっとして僕の顔を見た。

「そうなのか？」

「うん。いろいろフォローしてくれてありがとう。奨太もありがと」

「どういたしまして」

にこっと笑う奨太の冷静さに釣られたみたいに、篤郎も「おう」なんてぶっきらぼうに言った。照れ隠しっぽい。

「で、二人は元サヤ……ってのも変か。まぁいいや。とにかくデキちゃってる、ってことでＯＫ？」

「そ……そうです」

あらためて言われると恥ずかしいな。でもここで嘘ついたりごまかしたりしても意味がない。それに瑛司さんにも篤郎にも不誠実な気がするし。

篤郎はなにか言いたそうだったけど、ぐっと飲み込んだように見えた。

きっと瑛司さんがなにも言わないのは篤郎を刺激しないためなんだろうな。さすが……って思ってたら、いきなり顔が近づいてきた。さっきの続きらしい。

意外と大人げないな。

「ん……」

唇が重なった瞬間に、ざわざわってなにかが肌の上を走って行くような感覚が生まれた。気持ちいいっていうより、喜んでるっていうのが近い気がする。

心だけじゃなくて身体も嬉しいって言ってるんだと思う。

外野がちょっとうるさいけど、そんなことはもうどうでもよかった。

明日の僕は
あなたを求める

なんか痛いな、って思って目が覚めた。

まず頭がズキズキするし、肩とか背中とか肘とかも痛い。それと脚も……とにかくあちこち痛くて、なんだこれって思った。

「……玖《く》、理玖《りく》」

「気がついたんだな！」

声がでかいって。余計に頭が痛くなった気がする。

ええと、どちらさま？　あ、一人は奨太《しょうた》だからいいとして、もう一人の同じ年くらいの人……。さっき頭に響くくらい大声出したのって、この人だよね。

だめだ、見覚えがない。奨太の友達？

「大丈夫？　痛いとか気持ち悪いとか、ある？」

心配そうに顔を覗《のぞ》き込んでくる奨太に、大丈夫だよって答えようとしたのに、痛みのせいでとても無理だった。

「……痛い」

「どこ？」

「頭とか、いろいろ……」

「待ってろ、すぐ医者呼んでくるから！」

いや、頭痛がひどくなるから普通に話してくれないかなぁ。誰だか知らないけど。

どこかへ飛び出そうとする大声の主を、奨太が冷ややかな目で見て止めた。同時に僕の枕元に手を伸ばして言う。

「ナースコールすればいいことじゃん」

「あ、そっか」

え、待ってナースコール？　ということは、ここって……。

ぐるっと見える範囲を確認してみた。うん、これは病室だ。どういうわけか個室っぽくて、しかもメチャクチャ広い。

『東谷《ひがしたに》理玖さん、どうなさいましたか？』

「あの、意識が戻りました。あちこちが痛いって言ってます」

奨太がそう言うと、女の人の声ですぐに行くとかなんとか返ってきた。いや、それはいいんだけども、名前変じゃなかった？　ヒガシタニって聞こえた気が……。

どういうこと、って奨太に聞こうとしたら、突っ立ってた大声男が椅子《いす》に座って視界が開ける。そうしたらソファに座ってる男の人が目に飛び込んできた。この病室、応接セットまである。広さも十畳以上ありそう。値段が高そうで心配になってくる。

ソファからこっちを見てる人は、知らない男の人だ。年は二十代後半くらいで、背が高そう。しかも超がつくイケメン。あ、ちょっと違うかも。イケメンて言葉は相応《ふさわ》しくない。顔がものすごくいいのは確かなんだけどチャラついた感じはなくて、こうキリッとしてて頭よさそうで……あれだ、知的な美形。あるいは男前。

で、誰？

聞こうとしたらお医者さんと看護師さんが入ってきて、質問と説明をされた。質問は痛みとか吐き気のことで、耐えられないほど痛くはないって答えたら、我慢はしないで辛《つら》くなったら言うようにってことだった。

知らないあいだに頭を打ってたらしい。MRI《エムアールアイ》も撮って異常はなかったそうだけど、後から異変が出ることもあるからとか、いろいろ言われた。意識があれば帰宅して様子を見るはずだったんだけど、検査が終わっても目を覚まさないから一日入院ってことになったみたいだ。そのへんは保護者が強く推したらしい。

保護者って、ホームの――僕たちがいる施設の先生のこと？　でも、お医者さんが「保護者の方」って言うときに、ちらっと壁際の男の人を見たんだけど。

奨太が当たり前みたいな顔して聞いてたのが解せない。ほんとにあの人って誰？　同じ年くらいのやつも誰？

「ほかになにか聞きたいことはあるかな？」

山ほどある。けど、家庭環境のことはお医者さんに聞くことじゃない、ってこともわかってる。だから怪我《けが》のことだけ聞いてみることにした。

「えーと、怪我した覚えがないんですけど……っていうか、状況が全然把握できなくて……」

「階段から落ちたと聞いてるよ」

「はぁ……」

うーん、まったく覚えがない。いつの間に？

「駅の階段だよ」

奨太が補足してくれても首を傾《かし》げるしかない。だって説明されればされるだけ疑問ばかりが増えていく。

怪我して入院した僕のところに奨太がいるのはわかる。けど、後の二人はなんで？　ホームの先生たちは忙しいからずっとついていられないっていうのは理解できるけど、やっぱりそこは保護者がいないと、って思うし。

もしかして壁の人は代理？　ホームから依頼された人？　あ、新しい弁護士さんとか？　でも、奨太の隣にいるのはどう考えても僕と同じ年くらいだよね。うーん……？　あ、事故の関係者とか？　いやでも、僕と知り合いみたいな態度だし……。

「理玖？」

僕の怪訝《けげん》そうな態度に気付いたみたいで、知らない同じ年くらいの男が心配そうに身を乗り出してきた。思わず腰が引けた。っていっても大して動けないから、ちょっと首を引っ込めたくらいなんだけど。

「彼の名前を言ってみてくれないか」

急に格好いい人が会話に参加してきた。病室にいた人たちが一斉にそっちを向くなか、その人は僕だけを見てる。

彼っていうのは、同じ年くらいのやつのことだ。視線の向け方でわかった。

強い視線に怯《ひる》みそうになったけど、なんとか口を開く。

「し……知りません」

その後はちょっとした騒ぎになった。

結論として、僕は記憶喪失——退行性健忘というらしい——ということになった。約二年分の記憶がすぽーんと抜けてて、自分的には高校二年生の夏頃なんだけど、実際は大学一年だそうだ。それだけでもびっくりなのに、ここ一年で状況がとんでもなく変わってた。

まさか父親が現れて名字が変わって、しかもその父親がすでに病気で亡くなってるなんて……。

当たり前だけど実感ゼロです。僕は一年前に施設を出て、都内にある一軒家で一人暮らし中らしいよ。あの格好いい人は従兄弟《いとこ》で、もう一人は友達だそうだ。その二人の複雑な関係も含めていろんな説明されて、さすがに疲れた。情報過多だよ。

駅の階段で歩きスマホ中に転落して半日意識不明だった上に記憶喪失とか。もう全部自分のことじゃないみたいだ。

お医者さんと看護師さんはもういない。退行性健忘っていう診断？　を下した後、ちょっとした説明をして出て行った。検査で異常はなかったし、頭を打ったりするとそういうこともあるらしいから、あの人たちにとってはそんなに大騒ぎするようなことでもないんだと思う。騒いでるのは主に友達だっていう笠木《かさぎ》篤郎《あつろう》なんだけど。

とりあえず明日、また検査をするみたい。それと専門医にも診《み》てもらうって。

「そっか……僕いま、大学生なんだ……」

高校卒業したら就職するつもりでいたんだけど、金持ちの子になったから進学できたらしい。大学がどこか聞いたら、行けるものなら行きたいと思ってたところだった。まぁ学力は十分だったんだけどね。

「でね、俺も大学行けることになったの。理玖が学費出してくれるってことになってさぁ」

「よかった」

そこは心の底からよかったって思う。ホームの子たちはみんな可愛《かわい》くて大事だけど、やっぱり奨太は一番近い存在だし、特別なんだ。ほかの子たちも同じようにするかどうかはまだ決められない。でもお金に余裕があるなら寄付とか援助とかはするつもりでいる。まだ確認はしてないけど、記憶なくなる前の僕もきっとそうだったはず。

「もう面会時間が終わるな」

従兄弟だっていう瑛司《えいじ》さんが立ち上がりながら言うと、篤郎ってやつが食ってかかった。

「ちょっとくらい平気だろ。理玖がこんなになってんだし、大目に見てくれんじゃねーの」

「だとしても、残るのは奨太くんだけにするべきだな」

「なんでだよ」

二人は仲が良くないってことはわかった。家族でも兄弟でもないけど、まったく無関係でもないっていうのは難しいのかもしれない。単純に相性が悪いだけだったりして。

不満そうな篤郎に瑛司さんは冷静に言う。

「いまの理玖くんにとって、俺と君は初対面の相手だ。従兄弟だ友人だと説明したところで実感はないはずだ。付きそったところでありがたくもないだろうさ」

篤郎がぐっと言葉に詰まったのがわかった。

うん、まぁその通りなんだよね。この二人よりはさっきのお医者さんのほうがよっぽど親しみが持てるというか。だって一人は不機嫌そうな顔してちょっと怖いし、一人はぐいぐい来る感じがちょっと苦手なんだもん。適切な距離感って大事。

そういうわけで、二人は面会時間を二十分くらい残して帰って行った。バラバラに。先に瑛司さん、三分くらいたって篤郎がいなくなった。

「……一緒に歩くのも嫌なくらい仲悪いの？」

二人が帰った後の病室で、僕は声をひそめて聞いた。

「篤郎が一方的に突っかかってる感じかなぁ。瑛司さんは基本スルーみたいだよぉ」

「ふーん」

まぁ大人だしね。一人で最後まで残る奨太にさりげなくタクシー代渡してたのも、スマートで格好よかったな。愛想はないけどさ。

「理玖は瑛司さんのことすっごい苦手とか言ってたけどー、俺はそうでもないよ？」

「え、そうだったんだ？」

「まぁね。理玖は会いたくないとかも言ってたかなぁ」

「マジで？　えー、確かにちょっと怖かったけど……うーん……？」

確かに取っつきにくそうなタイプだとは思った。けど、ちゃんと気遣いも見せてくれたし、印象は悪くないかな。表情筋が仕事しないのも目つきが鋭いのも、まぁ人それぞれだと思うし。

それにしても記憶喪失かぁ……全然ピンと来ないなぁ。まぁ大抵はそのうち戻るっていうし、深刻にならないようにしよう。


やっぱり瑛司さんはよく気がまわる人だった。

僕が不安だろうからって、夏休みのあいだは奨太が泊まり込めるようにホームの責任者に掛け合ってくれて、生活に必要なものなんかも急いで手配してくれた。確かに兄弟同然の奨太がいてくれたら、いろいろ心強いもんね。

ちなみに僕の入院は一日延びました。検査や診察で結構忙しかったよ……。

で、僕の保護者である瑛司さんも東谷家で暮らすようになった。一人暮らしのマンションはそのまましい。っていっても、朝出勤して、夜になって帰ってくる瑛司さんと顔を合わせる時間はそんなに長くないいんだけど。

それはともかく、なんでか篤郎も入り浸ってる。やたらと顔を出してそのまま泊まったりするから、家のなかはわりと賑《にぎ》やか。でも長年ホームで暮らしてた僕にとっては、それくらいがちょうどいい。常に人の気配がするような環境だったからね。

っていうか、こんな広い家で僕は何ヵ月も一人暮らししてたのか……。うーん、ちょっと嫌だな。大勢がいる施設の暮らしに慣れちゃったからなぁ。寂しかっただろうな。

「よし、じゃあ今日から働きまーす」

宣言して僕はキッチンに立った。退院してからしばらくは安静にしてろって言われて、家事もしなかったんだ。別に平気だと思ったんだけど、みんな過保護だから。

で、一週間たったし、頭も触らなければ痛くなくなったし、気持ち悪いとかいうこともない。だからそろそろ家事をやるって昨日の夜に言ったら、夕食からってことになった。

ちなみに今日の昼まで食事は通いのお手伝いさんが作ってくれたり、朝と夜は奨太が用意してくれたりしてた。作り置きしてもらったのを温めて出すだけだったけど。

僕がキッチンに入ると、すかさず奨太が手を挙げた。

「アシスタントやるね。あ、篤郎は買いものよろしく。理玖がアイス食べたいって。期間限定の、リッチキャラメルクッキー」

そんなこと言ってないんだけど、ＣＭ見て食べたいって思ったのは事実だから黙って頷《うなず》いてみた。

そしたら篤郎は「仕方ねぇな」とか言いながら暑いなか出かけて行った。

「あいつ、いいやつだよね」

「理玖には甘いからね」

「なんで？」

「さぁ。友情に厚いやつなんじゃないのー？」

面倒くさそうな言い方……適当に言ったのが丸わかりだ。奨太は愛想もいいし社交的に見えるくせに、実はかなり排他的というか、身内とそれ以外みたいな線引きがはっきりしてる。僕とホームの一部の子たちと先生たち、とそれ以外みたいな。で、「それ以外」にも内訳があって、味方か敵かどうでもいいか……になる。たぶん篤郎の立ち位置は、敵じゃないけど味方ってほど期待もしてなくて、奨太個人にとってはわりとどうでもいい、んだと思う。

ちなみに奨太は僕より家のことを知ってる。いまの僕にとっては一週間くらいしか知らない家だけど、奨太は一年前からちょくちょく来てたらしい。

「ねぇ、ほんとに休学しないの？」

キッチン用のハンドソープで手を洗いつつ、奨太が尋ねてきた。

「しないよ」

「けど頭の中身は高二の夏なわけでしょー？」

「待って。その言い方だと精神年齢低いみたいになっちゃうって」

ものすごく残念なやつって言われてるみたいで、ちょっと抵抗がある。

「低いもなにも、理玖的には高二じゃん」

「まぁそうなんだけど……」

まるっと二年分の知識と経験が抜けてるのは事実。でもまぁ、大学も一回生ってことで、まだ専門的な授業はほとんど受けてないっていうし、なんとかなると思うんだ。ってことで自分のノートとかテキストとか、篤郎がコピーしてくれたノートとかで勉強してる。

夕食の支度はそれほど時間をかけずに終わった。もともとレパートリーなんて少ないから、ポークチャップにスペイン風オムレツ、あとは味噌《みそ》汁だけ。冷蔵庫にあった作り置きのマリネときんぴらごぼうを出して終わり。

僕の作れるものって基本的に材料費が安くて子供が好きなものなんだよね。ホームの子たちに食べさせること前提だから。で、肉っていったら鶏《とり》胸肉とかが多い。ここでは高い牛肉が普通に出てくるけど、食べるたびにちょっとだけ後ろめたい気持ちになる。

アイス買いに行ってた篤郎が帰ってきて、冷凍庫に買ってきたものを入れ始めた。なんか頼んだやつだけじゃなくて、五種類くらい買って来てる。

「うわぁ、汗臭い」

「おまえが行ってこいっつったんだろうが！」

「走れとは言ってないしー」

息が上がって汗びっしょりなのは走ったからだよね。でも奨太。お使いに行ってくれた篤郎に、鼻つまんで「臭い」はかわいそうすぎるよ。

「シャワー浴びといでよ」

「……そんなに臭いか？」

「それはないけど、汗流したほうがさっぱりするじゃん」

代謝がいいんだか暑がりなんだか、だらだら汗流してるからさ。僕だってその状態なら、すぐ汗流したくなるよ。そんなに汗はかかないほうだけど。

笑いながら勧めてみたら、篤郎はよほど暑いみたいで顔を赤くしながら何度も頷いた。

「お、おう。んじゃ、借りる」

篤郎を送り出すと、黙って眺めてた奨太がなぜか溜《た》め息《いき》をついた。眉間を揉《も》みながら、なにやら首を横に振ってる。高校生とは思えないしぐさだなぁ。

「どうしたの？」

「いや……相変わらず、チョロいなって」

「僕？」

「違うよぉ、あっち」

顎《あご》をしゃくった先は篤郎だった。もちろん姿はもう見えない。

「……なんの話？」

「あー、ほら、パシリにちょうどいいなーって話」

結構ひどいこと言ってる。一歳とはいえ、奨太のほうが年下なのに態度がでっかい。奨太と篤郎はほぼ初対面からこういう感じだったらしい。本人たちがそう言ってた。仲が悪いようで実はいい……なんてこともなく、遠慮なくものを言い合ってるだけのただの知り合い……だそうだ。友達ですらないらしいよ。僕があいだにいて初めて成立してる関係なんだって。

不思議と空気が悪くならないから、これでいいのかもしれない。

「まぁいいや、肉出して」

「はぁい」

ご飯の炊きあがりに合わせて料理してたら、タイミングばっちりに瑛司さんが帰ってきた。今日はちょっと早い。

瑛司さんのことは待たなくていいって言われてる。残業はそれほど多くない部署みたいだけど、ないわけじゃないし、アクシデントもたまにあるらしい。まぁようするに、いちいち帰宅時間を知らせるのが面倒なんじゃないかな。いままで一人暮らしだったんだし。

「お帰りなさーい」

顔を見せた瑛司さんに声をかけると、軽く頷いて自分の部屋に入って行った。

うん、通常運転。愛想なし。表情筋は今日も休業中。格好いいのにいっつも仏頂面か無表情で、もったいないよね。会話も必要なことしか言わないし。

けど、いろいろ気は使ってくれてるし、悪い人じゃないのはわかる。しゃべらないけど時間が合えば一緒にご飯も食べてくれるしね。

「なぁ」

いつの間にか篤郎が近寄ってきてた。なんか眉間に皺《しわ》寄ってる。あ、ふわっとボディソープの匂いがした。

「これ運んでー」

「あ、うん。いや待て」

大皿受け取って運ぼうとして、篤郎は踏ん張るみたいにしてストップした。

「邪魔」

チッと舌打ちした奨太が大皿を奪い取って運んでく。キッチンに三人もいたら、そりゃ狭いよね。いくら広めのキッチンだからってさ。

二人だけになったとこで、なにか言いたそうな顔してる篤郎に視線で促した。

「あのさ、あんまり信用すんなよ」

「は？」

突然すぎてなんの話なのか本当にわからなかった。

「あいつ……瑛司。おまえの事故だって、あいつが仕組んだことかもしれねぇんだぞ。おまえの財産狙いとかさ」

「はぁ？」

かなり呆《あき》れたような、聞きようによっては馬鹿《ばか》にしたような声になっちゃったのは仕方ないと思うんだ。だってほとんど妄想じゃん。

あの転落事故は僕の不注意。それで結論が出てる。防犯カメラの映像を警察が見て判断したんだからさ。誰かが突き飛ばしたとかいうならともかく、まわりに人はいなかったっていうし、足踏み外した瞬間もバッチリ映ってたっていうし。滑りやすいものを塗っておいた、なんてこともあり得ない。だって自宅とかならともかく駅だよ？　不特定多数の人が使う場所に、ピンポイントに僕だけ滑るように仕掛けるなんてできっこない。

一応そのへんは検証したらしいんだよね。篤郎が言ったように、僕は普通の大学生じゃないってことで。でもなにも不審な点はなかったんだ。

このことは篤郎だって承知してるはずなのに。

「根拠は？」

「だってさ、記憶なくす前はあいつのこと超苦手って言ってたんだぞ。怖いって」

「それが？」

「え？」

だからそれがどうした、って感じだよ。そもそも根拠でもなんでもないよね。僕が苦手って言ったことが疑う理由？　あり得ない。

「いまだって苦手意識あるよ？　怖いなとも思うし」

あの仏頂面と態度なら当然じゃないかな。まぁあえて口にしてなかったけど、それはたまたまで、そのうち篤郎か奨太に「あの人ちょっと苦手」くらい言ったと思う。

「だからそうじゃなくて、前はもっとこう……本気で苦手って感じで……」

篤郎がなに言ってるんだか本当にわからない。なに本気で苦手って。いまだって別に嘘《うそ》とか冗談じゃないよ。あーもういい。この話はおしまい。

「いいからこれ運んで。ご飯にするよ」

ちょうど瑛司さんが着替えて戻って来たし、四人で晩ご飯だ。瑛司さんもこういうときは黙って運んでくれる。言わないと動かない篤郎とは大違いです。もちろん一番動くのは奨太だけどね。いやそこは慣れてるからだな。

で、四人で晩ご飯食べた。一応瑛司さんと篤郎は斜め——向かい合いもしないし隣り合いもしない配置で食べてもらった。

食べながらどうでもいい話をした。テレビの話とかコンビニアイスの話とか近所の犬の話とか。あ、奨太の受験の話もしたから中身のある話も少しはしたかな。でも瑛司さんはほとんど会話に参加しなかった。だからって別に気まずいってわけでもなかったけども。

ちゃんと話は聞いてるんだよね。それがわかる感じで視線寄越したり、ちょっとした相づちを打ったりするんだ。ほんのちょっと表情が和らいだりすることもあったし。

しかも片付けしてくれた！　僕はなにもするなって言われたから篤郎とテレビ見ながらアイス食べてるあいだに、瑛司さんと奨太がやってくれたんだ。篤郎に参加させなかったのは、あいつすぐ落とすからっていうのもあるけど、瑛司さんと一緒にさせないためってのがメイン。

おかげで和やかに終わったよ。あの二人が目を合わせなかったのは、篤郎が見ようとしなかったせいだよね。

「あのさ、奨太」

結構夜遅くに、僕は奨太が使ってる客間にいた。もう風呂も入ったし歯も磨いたし、後は寝るだけってときだ。

本を読んでた奨太はぱたんと音を立ててそれを閉じた。

「なぁに？　相談？」

「まぁそんな感じ。篤郎がさ、あの事故は瑛司さんが仕組んだのかもとか言ってきたんだけど、ないよね？」

「ないね」

即答だった。なんならちょっと食い気味に否定されて、思わずほっとする。奨太は篤郎と違って客観的というか、視点が俯瞰《ふかん》だから信憑《しんぴょう》性が高い。

奨太はやれやれ、って感じで溜め息をついた。

「そんなこと言ったのかー。なんだかなぁ……」

「本気じゃないとは思うんだけど……たぶん」

だからって冗談ではなかったと思うし、瑛司さんを陥れようなんてするタイプでもないと思う。なんていうか、瑛司さんへの不信感が根強くて、警察の見解にも納得しきれないって感じ。

奨太は腕を組んで、うーんと唸《うな》った。

「あの二人ってさぁ、父親が同じじゃん。篤郎にとっては継父だけど」

「うん」

簡単に関係は聞いてる。こういうのって一般的に兄弟って言うのか言わないのかも、よくわからない。たぶんお互いに遠い親戚くらいの感覚なんだと思う。

「瑛司さんと父親が上手《うま》くいってないことは言ったでしょー？　っていうか、瑛司さん的にはもう親だと思ってないみたいだけど。だから淡々としてるし、特に思うところもない感じかなぁ」

「ああ……うん」

「でも向こうはもうちょいアグレッシブらしいよー。酔うと瑛司さんの悪態ついてるっぽい。あいつは根性が曲がってるだとかー、母親そっくりだとかー、小憎たらしいとかー。まぁなんだかんだ言って息子だとは思ってるんだろうねぇ」

「はぁ……大人げない」

会ったことはないし、篤郎はいい父親だって言うけど……なんかね。ようするに別れた奥さん……瑛司さんのお母さんのことが嫌で瑛司さんのことも、ってパターンなのかな。夫婦間のことはよくわかんないけど、母親亡くした未成年の息子の養育を放棄した事実はよくないと思います。とてもじゃないけど、いい父親ではないよね。それなりに金持ちなのにさ。

「篤郎って単純だからさぁ、親の考えとかの影響もろ受けちゃってんの。もともと瑛司さんとは相性悪いしね」

「ああ……」

しっくりきた。仲が悪いっていうよりも相性が悪いってのがぴったりだ。まぁ瑛司さん的には、実のお父さん同様に「興味がない」んだろうけども。そう、個人的にはそうなんだと思う。たまたま僕と同じ年で、編入先にいたから篤郎に僕のこと頼んだわけで、そうじゃなかったらきっと関わろうとはしなかったんだろうなぁ。

うん、瑛司さんは悪い人じゃない。それが僕の結論だ。

「すっきりした？」

「した。瑛司さんは信用できる人だよね？」

「もちろん」

奨太が言うなら安心だよ。昔からこの子の人を見る目は確かなんだ。

「ありがと、おやすみ」

奨太に感謝しながら自分の部屋に戻って、まっすぐベッドに入った。

まだ新しい環境には慣れないけど、なんとかやっていけそうな気がする。奨太の夏休みが終わったら瑛司さんと二人暮らし……なのかな？　あれ、どうするんだろう。

「上手くやって……いけそうな気もする」

賑やかさはなくなっちゃうけど、そこは慣れるしかない。これまでの生活で、特に気になったこともないし、大丈夫じゃないかな。

なんて考えてるうちに、意識はいつの間にか沈んでいた。

まず先に高校の夏休みが終わって、奨太はホームに戻って行った。大学の夏休みのほうがずっと長いから、僕と篤郎はそれから一ヵ月くらいは休みが続いて、そのあいだは週末だけ奨太が来たり、相変わらず篤郎が入り浸ったりしてた。

で、少し秋っぽくなってきた頃にいよいよ僕の大学生活が始まった。

大学では記憶喪失のことは伏せてる。下手に言ったら、煩わしさが増えそうだから篤郎にも協力してもらった。僕だって記憶喪失の学生がいる、なんて話を聞いたら、ちょっと見に行く程度のことはするかもしれない。顔見知りだったら、自分のこと覚えてるか確かめそう。だから黙ってることにしたんだ。

それなりの付き合いしかしてなかったらしくて、事前情報と篤郎のフォローでいまのところはなんとかなってる。にこにこと相手の話を黙って聞いて、ときどき当たり障りのない質問とか同意とかしてれば、わりと普通に話せた。もちろん隣に篤郎がいてくれるからこそ。

そのへんはものすごく感謝してる。思い込みが激しいところや声が大きいところを除けば、ほんとにいいやつなんだよね。親切だし。

そんな篤郎と駅で別れて、帰りに買いものをして家に戻った。

門の前で立ち止まって、僕の家——実感はないけど——を眺めた。あらためて見ても立派な家だと思う。どう控えめに言ったとしても豪邸だよ。こんなとこで未成年が一人暮らしをしてたとか、かなり特殊というか異常だよね。

いまは二人暮らしだから少しだけマシとはいえ、やっぱり普通の状態ではないと思う。家主が未成年の学生で、同居人は従兄弟なんてさ。

家に入って、キッチンのカウンターに置いてあるメモをチェック。留守中に来て掃除とか料理をしてくれるお手伝いさんからの伝言だ。いまは週に二回、来てもらってる。それ以外に週に一回、掃除専門の人たちが来るし、定期的に庭師も入る。でないとこの広さは維持できない。

「切り干し大根とナスの煮浸し、卯《う》の花……いいねー」

こういう和食のお総菜は好き。でも自分じゃまだ上手く作れないから嬉《うれ》しい。得意料理はお子様メニューと鍋だから、いま頑張っていろいろ勉強中だ。

作ってもらったやつに、肉か魚のメインと味噌汁でおっけーだよね。よかった、鮭《さけ》買って来て。ちゃちゃっと下ごしらえをして、居間で勉強することにした。瑛司さんが帰ってくるのは七時くらいかな。遅くなるときは連絡をくれる。

なんかね、わりと毎日うちで食べるんだよね。瑛司さんの会社、飲み会とかそういうのほとんどないらしくて。待たなくていいって言われてたんだけど、一人じゃ味気ないからって返したら、帰宅時間を知らせてくれるようになったんだ。

なんとなく家族って感じがして嬉しい。ただささ、黙々と食べるんだよね。美味《おい》しいとも不味《まず》いとも言わないの。言わないだけで、美味しそうに食べてる……ってわけでもない。本当に淡々と口に運んでる、って感じ。

我慢して食べてるのかな。一人で食べる僕がかわいそうだから、とか？　うーん、ストレートに聞いてみよう。

瑛司さんの帰宅時間に合わせて鮭のホイル焼きの準備をして、後はタイミングを見てスイッチを入れるだけにする。待つあいだはもちろん勉強。

七時を少しだけ過ぎた頃、瑛司さんは帰ってきた。ちょっと前にグリルのスイッチは入れてある。

「お帰りなさい」

「……ああ、ただいま」

いつもなんだけど、返事までにちょっと間があるよね。だからって嫌々返してくるってわけでもなさそう。もしかして実は照れ屋さん？　いや、ないない。だったら人見知りっていうほうがまだ納得できる。

瑛司さんは一階の、前は僕のお父さんが使ってた部屋を使ってる。それがまた篤郎には引っかかる部分みたい。曰く「自分こそが家主とでも言いたいのかよ」だそうだ。とんだ言いがかりだよ。

別に大した意味なんてないんだ。空いてたから使った。それだけ。あとはまぁ、ベッドが大きくて瑛司さんにはそのほうがいいんじゃないかって思ったから。ちなみに提案したのは僕。同居するに当たって、なんとなくフロアを分けたいなって……ちょっと思ったんだよね。そのほうが気が楽そうだったし。

というわけで相変わらず篤郎の主張は的外れだ。

「よし、タイミングばっちり」

そして瑛司さんも予告時間ぴったり。ご飯は炊きたてだし、鮭は焼きたて。うん、すごくいい感じだ。

瑛司さんはスーツから着替えて、いつものようにできた料理をテーブルまで運んでくれる。

ラフな格好になると少し若く見えて、それも格好いい。まぁラフっていってもスーツに比べればの話で、カジュアルなネイビーのシャツに黒っぽいパンツは普通に買いものとかデートとかできそうな感じ。

うん、隙《すき》がない。いつものことながら全方位完璧。この人がだらしなく寝そべってテレビ見ながら大あくびする姿なんて想像できないし、絶対しなさそう。だってもう姿勢がいいもん。だらっとしないんだもん。

「いただきます」

愛想はないけど、ちゃんとこの手の挨拶《あいさつ》はしてくれるとこもポイント高い。

ずらーっと並ぶ、ってほどじゃないにしても、まぁまぁ品数が多い食卓に向かい合いに座って食べ始めた。さすがに二人だけのときはこの配置。自然だよね。並んだり斜《はす》向かいに座るのはいくらなんでも変。

「…………」

うん、それにしても会話がない。最初の頃は頑張って話を振ったりしてたんだよね。瑛司さんは返事はするけど、話を繋《つな》げようって気はないみたいで、一つ話題が終わると――それも大抵はすぐ終わっちゃって、沈黙があって僕がまた話題振って、すぐ会話終わって……みたいな感じだった。疲れるから最近は無理して話さなくなった。

まぁでも雰囲気はそんなに悪くない。慣れちゃったっていうのもあるかも。聞こえてくるのは食器の音と自分の咀嚼《そしゃく》音と、興味がないテレビからの音。いまはネイチャー系の番組が流れてて、静かなナレーションが聞こえてくる。

瑛司さんの食べるペースは僕とだいたい同じくらい。早くもないし遅くもない、って感じかな。自然とそうなのか、僕に合わせてるのかは不明だ。好き嫌いはよくわからない。だってなにを出しても黙って全部食べるからね。

家政婦さんが作ったものは美味しいし、僕が作ったのだって自分的にはまぁまぁいけると思ってる。けど瑛司さんはどうなんだろ？

「あの……」

気になりだしたら止まらなくなって、気がついたら声をかけてた。

ぴたりと箸《はし》が止まって鋭い――としか思えない――視線がこっちに向けられた。

「どうした？」

「えっと、ご飯……無理して食べたりしてないです……か？」

だったら申し訳ないなと思って聞いたら、思いきり怪訝そうな顔をされた。なに言ってんだこいつ、くらいの。

いやいや、だってわかんないですから。

「口に合わなかったら、外ですませてきてる」

「……なるほど」

そういうことになるのか。なる……のかな？　まぁ高給取りだって話だから食事代節約のためじゃないとは思ってたよ。でもほら、僕を気遣って……って可能性もあったわけじゃん。どうやら及第点だから毎日食べてただけらしいけど。

「あの、ならいいです」

残りもう少しだから食べちゃおう。っておかずに箸を伸ばそうとしたら、瑛司さんの静かな声が聞こえた。

「仮に合わなかったとしても、無理して食べたかもしれないな」

「はい？」

「おそらく……そうした」

確かめるみたいにゆっくり言って、瑛司さんはなにごともなかったみたいにまた食べ始める。

ん？　んんん？　いまのは一体どういうことだろう。口に合うって部分は否定してないから、味は問題ない。でも仮に合わなくても一緒に食べた？　ってことは？

「意味がよく……」

「これでも一応心配はしている、ということだ。一人で外食するのが好きじゃないというのもあるんだが」

「あ、お一人さま苦手なんですか？」

「それ自体は平気なんだが、たまに煩わしいことがあってね」

苦笑いに近い、でも言葉通りに思ってそうな顔を見て、ピーンときた。一人なのに煩わしいってことは誰かに邪魔されるってことでは？　誰に？　この人が酔っ払いであふれるような店へ行くとは思えないし、難癖つけられるほど隙があるとは思えない。ってことは、逆ナンじゃないだろうか。一人で食事をしてるいい男に果敢に挑む女の人が一定数いるのかもしれない。そんなの見たことないけど、瑛司さんならありそう。

うんうん、って納得してたら、瑛司さんがじっと僕のことを見てた。

「君こそ俺の分まで作るのは面倒じゃないのか？」

「一人分も二人分も変わらないですよ」

「そうか」

「はい。この際だから聞いちゃいますけど、瑛司さんの好きな食べものってなんですか？　あと嫌いなものも聞いておきたいです」

って聞いたら胡乱《うろん》な顔をされてしまった。いやいや、なんでそんなことを聞くんだみたいな顔しないで！　一緒に暮らして一緒にご飯食べてて、しかもこの話の流れなんだから不思議でもなんでもないでしょうが。

「……好きなものは……まぁ美味ければなんでもいい。野菜よりは肉や魚が好きって程度だ。嫌いなものは、いわゆる芋栗南瓜《くりかぼちゃ》ってやつだな。だからって食べられないわけじゃない」

「なるほど」

特に意外性はなかった。明日からそのへん少し考慮しよう。

「君の作るものも美味いと思ってる」

「え？」

「言葉が足りなくてすまなかったな。どうもそういう言葉が自然に出ない人間でね。よくないとは思ってるんだが……ごちそうさま」

いつの間にか食べ終わってた瑛司さんは箸を置いて、すまなそうな顔をして僕を見る。なんだか今日の瑛司さんはわかりやすい。それに初めてってくらい……少なくとも僕の記憶では初めて、こんなにたくさんしゃべった。

なんだ、思ってた以上にいい人じゃん。黙ってると怖いけど、ちゃんとしゃべったら全然そんなことなかった。

それに自分の至らない部分とか認めて反省できる人だってわかったし。それも僕みたいな年下相手にも躊躇《ちゅうちょ》なく。

好感度、爆上がりですよ。うん、上手くやっていけそうな気がする。

「リクエストあったら言ってください。簡単なものしか作れないけど、少しずつレパートリーも増やしていきたいんで」

「いや、十分だろう。大したものだよ」

「あーまぁ、一応慣れてるというか。施設でずっと料理の手伝いしてたんです。人数多いから、大皿料理のほうが得意なんですけど」

ボリュームがあって安くて、ぱぱっと作れるのが多い。カレーは週一で作ってたなぁ。

「賑やかそうだな」

「それはもう」

懐かしさに思わず目を細めた。まだ僕の感覚では一ヵ月ちょっとしかたってないのに、ホームが懐かしくて仕方なくなった。

「寂しいか？」

「んー、少し。静かすぎるっていうか、人の気配とか声があるのが普通だったから……」

ちょっとだけ後悔してるのは、瑛司さんとフロアを分けてしまったこと。退院した直後は、慣れない相手だし奨太もいたから、なるべく離れたとこで寝泊まりしてもらったほうがいいかなって思ったんだよ。ちょっと怖かったし。いまさらだけど。

「瑛司さんは？　奨太たちがいたとき、うるさくなかったですか？」

「賑やかで面白かったよ。なかなかない経験だった。うちは……母が仕事人間で、家事もまったくしない人でね。基本的に誰もいない家に帰って、通いの家政婦が作ったものを一人で食べて、夜遅くに少しだけ親と顔を合わせるような生活だったんだ」

「えっと、それは離婚後？」

「その前からだな。俺が小学校に上がる頃には、父はあまり家に寄りつかなくなっていたからね。それ以前から、母同様に帰宅が遅い人だったし」

語り口は平坦で、感情がほとんど乗ってなかった。特に父親のことを話すときは、なにかの説明書でも読んでるのかってくらいに。

なかなかに寂しい子供時代だったらしい。僕のとこも母子家庭だったけど、そこまでじゃなかったなぁ。お母さんはもちろん仕事してたから学校から帰っても誰もいない、ってことが多かったけど、それでも帰ってきたらご飯作ってくれたし、話もしたし。まぁ、代わりに貧乏だったけどね。

「瑛司さん」

「うん？」

「冬になったら鍋しましょう。すき焼きとか、寄せ鍋とか……いろいろ」

二人だけでもいいし、奨太とか篤郎を呼んだっていい。篤郎はどうか知らないけど、瑛司さんはあいつを呼んだって嫌がらないはず。奨太にはお肉をいっぱい食べさせてやりたいし。

「それは楽しみだな」

社交辞令じゃなくて、たぶん本気で言ってもらえたはず。

ちょっと距離が縮まったみたいで嬉しかった。

僕の転落事故から三ヵ月たって、新しい環境にもなんとか慣れてきた。大学生活はまぁまぁ順調だ。知り合いの顔は覚えたし、もともと浅い付き合いだったらしいから特に苦労はしなかった。もちろん最初のうちは篤郎のフォローが必要だったし、勉強面ではかなりお世話になった。

うん、多少問題はあるけど基本的にいいやつなんだよ。セッティングされなかったら友達にはなってないと思うけどね。少なくとも自分から近づこうと思うタイプじゃないから。

「篤郎って友達多いよね」

大学のラウンジで話してると、篤郎はよく人に手を振ってる。話しかけてくる人は少ないけど、目が合う機会は結構多いみたいだ。

いまもそう。僕の知らない女の子たちが、ちょっと遠くから手を振ってきてそれに篤郎が応えてた。

「そうか？　普通だろ」

「僕からしたら、それ普通じゃないから」

身内で固まりがちなのは自覚してる。自分から声かけたり誘ったりもしないし。あ、もちろんそれは忙しかったからっていうのもあるし、ハリネズミみたいになってたっていうのもある。養護施設にいる僕を見下してくるやつって一定数いたからね。

「おまえは狭く深く、ってタイプだろ。俺は広く浅くってだけだよ。あと取っつきやすいってのはあるかもな。実は自分からぐいぐい行くわけでもねーし」

「え、そうだっけ？」

かなりぐいぐい来られたような気がするんだけどなぁ。あ、すでに友達だったからか。僕的には初対面でも、篤郎からしてみれば知り合って一年近くたった友達なんだもんな。

一人で納得してたら、じっと僕のことを見てる篤郎に気がついた。

「なに？」

「いや……可愛いなって思って」

「はい？」

ぽつりと落ちた呟《つぶや》きに唖然《あぜん》としてしまった。いや、その言葉自体はわりと慣れてるんだ。昔からよく言われてきたし、自分が「格好いい」からはほど遠いタイプだっていうのは自覚してる。見た目の褒め言葉はどうしたってそうなるんだろうな、って認識だ。

けどいまのは……。半分惚《ほう》けたみたいに、まるでこう「うっとり」みたいな感じで言われたから、さすがにびっくりした。

どう反応するのが正解なのか。困って黙り込んでたら、篤郎がはっと息を飲んだ。どうやら我に返ったらしい。

ってことは、さっきのは無意識？

篤郎の目が泳いで、いったん僕のところに戻って来てまたすぐに外されていく。動揺してるというよりも、なにか迷ってる感じ。少し様子を見ようと思ってこっちからはアクションを起こさないでいたら、一分くらいたってから篤郎はまっすぐに見つめてきた。

近い席には誰もいない。全体を見渡せる場所にいるけど、話の内容なんて誰にも聞こえないだろうし、向かい合って座ってるから見つめ合っててもさほど不自然じゃない。なにか真剣な話でもしてるんだな、くらいにしか思われないはず。

「俺さ」

「う、うん」

「おまえのこと好きなんだ。あ、恋愛の意味な」

恋愛？　え、それは……考えたこともなかった……。だってそういう気配なかったよ？　あーでも悟れるほど察しがいいわけじゃないし……。

そうか、そうだったのか。

「引いたか？」

「あ、ううん。驚いたけど、引いてないよ。でも……ごめん。篤郎のこと、そういうふうには見られない」

同性だからっていうんじゃないよ。ただ恋愛対象じゃないってだけ。それは女の子が相手でも一緒だと思う。

「そっか。ま、そうだよな」

「ごめん」

「謝るなって。あー、うん。できれば、いままで通りに付き合ってくれると……助かる。理玖のことは友達としても好きだからさ」

「それは僕も……でもいいの？」

「こっちから頼んでんだから、いいんだよ」

笑顔はからっとしてるけど、やっぱり無理してるように見えた。そうだよね。告白して、断られたんだから。

「悪い、ちょっと先に帰るわ。また明日な」

「あ……うん。こっちこそ、ごめん」

立ち去る背中に声をかけたら、振り返らないまま手を振られた。

うう、罪悪感。告白断るのって、それなりにしんどい。知らない人ならまだしも友達なんだから当然か。

でも断られたほうがずっとしんどいよね。勇気あるなぁ、篤郎。僕だったら無理だ。

溜め息をついて、僕も帰り支度をする。広げてたノートをバッグに入れて、少し急いでラウンジを出た。

そのままっすぐ駅に向かったけど篤郎の後ろ姿は見つけられなかった。あいつ走って帰ったのかな。それとも別の駅に行ったか。

「明日からどうしよ……」

どんな態度を取ったらいいのかわからない。そして誰に相談したらいいのかもわからない。

奨太に言っても答えはわかりきってるんだ。相手のことは伏せて話したとしても、「別に普通にしてればいいじゃん」とか「勝手に告白してきたんだから気にすることないよ」とかそんな感じだろう。瑛司さんは論外。

自分の交友範囲の狭さにちょっと落ち込んだ。でも改善する気はないんだから、ここは諦めるしかない。友達たくさん欲しいってタイプでもないし。

うん、いったん忘れてスーパーに寄って帰ろう。明日のことは明日考えよう、みたいなことを確か聖書かなにかで言ってた気がするし。

今日は刺身買っちゃうぞ。本マグロとかのいいやつ！　瑛司さんも好きって言ってたから、遠慮なく買う。

僕が思いつく贅沢《ぜいたく》なんて、こんなものだ。自分でもよくわからない額の遺産を相続して、いつでも好きなように使える口座には学生にあるまじき桁のお金が入ってるけど、むしろそれ見たとき怖くなった。好きなもの食べられるのは嬉しいけどね。あと本とか我慢しなくてもいいし。

軽い現実逃避でテンションがおかしくなってて、夕食のときに瑛司さんに突っ込まれるのは、それから数時間後のことだった。

翌朝、緊張しながら大学へ行った僕は結果として肩すかしを食らう羽目になった。身がまえてたのが嘘みたいに篤郎はいつもの通りで、まるで昨日の告白なんてなかったような態度だったからだ。

なら僕もなかったように振る舞うのが正解なんだろう。でも篤郎と違って僕の態度はきっとぎこちなかったはず。

朝に大学の最寄《もよ》り駅改札を出た途端に声をかけられて、夕方に同じ駅で別れるまで、思い出せる限りの会話を頭のなかで再現してみた。どこを取っても篤郎は自然だった気がする。正直、顔とか態度に出やすいタイプだと認識してたから意外だった。

「昨日から様子がおかしいな」

ヤバい、瑛司さんと向かい合ってのご飯中だった。うっかりトリップしてしまった。

「そ……そうですか?」

「トラブルか?」

「いや、トラブルってわけじゃ……人間関係、ですけど」

「篤郎か」

うう、図星だ。やっぱりバレてる。特別鋭くなくても、僕の態度はわかりやすいんだろうなぁ。でも篤郎ってとこまで当てられるとは思わなかったよ。

「なんで篤郎って……」

「君が悩むほどの相手は限られているからな」

「……そうですね」

自覚はあったけど友達がいないって言われたみたいで地味にショックだ。身内は瑛司さんだけだし、あとは奨太を含めた施設の関係者くらいだからね。いや本当に僕の世界って狭すぎる。

「君は当たりこそ柔らかいが、壁を作るだろう。まぁ人のことは言えないが」

確かに瑛司さんも友達少なそう。っていうかむしろいるんだろうか。全然想像できない。さすがに聞くのは憚《はばか》られるから黙っておくことにした。

「君は俺に対して壁があるし、俺も……まぁ、あるな」

「ですよね」

「お互いに壁を取り払う方向で努力してみないか」

「……は？」

「急ぐ必要はない。従兄弟らしい距離感になれたら、ということだ」

なるほど、それは必要なことだよね。僕にとっては一番近い血縁関係の人なんだし……っていうか、唯一？　親戚も遠いのがちょっといるとは聞いてるけど、ほぼ他人だから気にしなくていいって言われてるし。

僕がうんうんと頷いてると、瑛司さんがふっと表情を和らげた。……ような気がした。たぶん気のせいじゃない。

「明日の夜、予定はあるか？」

「え？」

「たまには外へ食べに行かないか？　毎日じゃ大変だろう。俺との外食が嫌なら、無理しなくていいぞ」

「い……嫌じゃないです……！　あっ、でも高級なとこは無理です。緊張しちゃって絶対味わかんなくなる」

テンションが上がった。もちろん外食は嫌いじゃないよ。あんまりしたことがないだけで、楽しいと思う。瑛司さんと一緒なのも平気。フレンチとか懐石とかは無理だけどね。だってマナーがわからない。むしろそこらへんの定食屋さんでいいです。あ、でも瑛司さんと定食屋さんが似合わなすぎて噴くかもしれない。……逆に見たい気もする。

「明日は早く上がれる予定だから……そうだな、六時半頃でいいか？」

「はい」

お店はまだ決めてないけど、場所は駅の周辺にするって言われた。食べた後、のんびり歩いて帰るくらいがちょうどいいかもね。

そういえばたくさん店があるのに一度も入ったことなかったな。というか考えたこともなかった。行くのはスーパーとコンビニだけだ。

個室居酒屋風の創作料理の店か綺麗《きれい》めな台湾《たいわん》料理の店にしようって言われて、大きく頷く。どっちもいいな。

なんだか一気に瑛司さんと打ち解けたような気分になって、僕は普段の三割増しくらいにへらへらしてたような気がする。


今日は普段よりもちょっとだけ服に気合いが入ってる。

クローゼットには買った覚えがない服がたくさん入ってて、まだ一度も着たことがないのも何枚かあった。そのうちの一着——薄手のオフホワイトのパーカーにくすんだ水色のコットンジャケットを着てみたってだけなんだけどね。

服は記憶をなくす前に奨太と買ったやつらしい。施設から持ってきた服も何枚かはあって、少しだけほっとした。

あと十分ちょっとで講義が終わる。頭にはまったく入ってないけど、とりあえずノートは取った。

正直、国際経済入門ってなに、って感じだ。

あ、終わった。今日は早めだ。本日はここまで、という声が終わらないうちに皆片付け始めちゃってるし、僕も急いで教材と筆記用具をバッグにしまった。

「なぁ」

「ん？」

「なんか今日、変じゃねぇ？」

「え、なんかおかしかった？」

多少は自覚してたけど、傍から見てわかるほどだとは思ってなかった。

「変ていうか、そわそわしてる感じ。なんかあんの？」

ここで言っていいものか、ちょっと迷った。別に疚《やま》しいことはないし、隠すほどのことでもない。けど篤郎から瑛司さんへの感情を思うと、なんとなく言いづらかった。

「あー……あると言えばあるけど、大したことじゃないよ」

追及されないうちに帰っちゃいたい。篤郎とは学部も学科も履修も一緒で、大学で別行動ってことがほぼないんだ。二人ともサークルにも部活にも入ってないし。

って思ってたらスマホに着信があった。見たら奨太で、内容は週末の予定を聞かれただけだった。施設のチビたちが会いたがってるから時間あったら顔出して欲しいって。

そうだ、大学始まってからまだ一回も行ってない。お菓子いっぱい買って行こうかな。

返事を打ってから顔を上げると、篤郎がじっと僕のことを見てた。

「誰、奨太？」

「うん。週末……あっちに行くことになって」

「それで浮かれてんのか」

篤郎はそう思ったらしくて納得してる。訂正はしなかった。

罪悪感がまた頭を擡《もた》げたけど、いろいろ振り払って家に戻った。途中で瑛司さんからメッセージが入って、予約した店を教えてくれた。最寄り駅の改札を出て、ちょっと歩いたところにあるダイニングらしい。

帰りがけに店の場所をチェックして、自宅に戻ってすぐにネットでどんな店か調べた。メニューも一部だけど載ってて、どれも美味しそうだった。

自分の部屋を簡単に掃除しながら音楽を聴いてたら、約束の時間まで三十分に迫った。

「服……は、これでいいか」

鏡を見て、もうちょっと大人っぽいのにしようかと一瞬考えたけど、背伸びしても仕方ないって考え直す。

財布とスマホをワンショルダーのボディバッグに入れて、最後に戸締まりと火の元だけ確認して外へ出た。まぁ帰ってから火は使ってないんだけど。

駅にはわりとすぐ着いた。まだ時間まで十分以上あるから、どっかで時間潰《つぶ》さないと。

指定の店はもう営業してるし、先に入って席で待ってるって手もあるんだろうけど……うーん、ちょっと腰が引ける。

いいや、改札が見えるところで待ってよう。同じように待ってる人もちらほらいるし。

改札からはどんどん人が流れてくる。帰宅ラッシュの時間なんだから当然か。でもこの線はぎゅうぎゅう詰めってほど混まないから助かる。もちろん夕方に座れたことは一度もないけど。

下り電車が到着して、またぞろぞろと人が大量に吐き出されてきた。その流れが少し落ち着いたかな、と思った頃、一際目立つ人が姿を現した。

うーん、想像以上。背が高いってのもあるだろうけど、なんかこう……ぴかーっとスポットライトが当たってるみたいに目を引くんだよね。なにあれ。発光体かなんかなの？

瑛司さんはすぐに僕を見つけて目を瞠《みは》った。丸くする、ってほど大きい変化じゃなかったけど、僕がここにいるのが意外だったのかな。

僕は小さく手を振って瑛司さんに近づいてく。普段人の視線なんて意識することないのに、やたらと気になってしょうがなかった。

「ものすごい目立ってる……いつもこんなですか？」

早くここ離れたいなーって気持ちを込めて聞いたら、まるで通じたみたいに瑛司さんはすぐ歩き始めてくれた。偶然かもしれないけど。

「君が一緒だからだろう」

「えーそれはないですよ。ここまで注目浴びたことないです」

「取り合わせが不思議なのかもしれない。あるいは、悪い大人がいたいけな少年を連れまわしている、とでも思われたか」

「いやいや」

どう見たって瑛司さんは悪い大人には見えないと思う。見た目はメチャクチャいいし目を引くけど、胡散臭《うさん》い感じとかチャラい感じはまったくない。むしろ品がいいっていうか、きちんとしてて社会的な信用度が高そう。っていうか、たぶん実際に高い。

僕とだと兄弟にも思えないだろうし、関係性で違和感とかあって見ちゃうのかも。駅から離れちゃえばどうでもいいけどね。

ちょっと歩いてテナントビルに入って、エレベーターで三階に上がる。扉が開くとそこはもう店で、照明は少しだけ暗め。和風モダンっていうのか、お洒落《しゃれ》な内装だった。店員さんに連れられて行った席は小さい個室でまわりの目は気にならない。ここは全部の席がそうみたいだ。

メニューは和食を中心になんでもありな感じ。やっぱり焼き鳥は外せないし、サラダも食べておきたい。あ、カマンベールのフライって美味しそう。小鯵《こあじ》の南蛮漬けもいいなぁ。

好きなものを頼めって言われたからそのへん全部と出汁《だし》巻き玉子を注文した。瑛司さんは牡蠣《かき》フライとサイコロステーキ頼んでた。

「ガッツリ系ですね」

「そうか？　それほどでもないだろう」

「普段のおかず、軽すぎたりしてませんか？」

「そんなことはないよ。さすがに毎日こってりしたものは無理だな。それに、ここのステーキは脂が少ない」

「なるほど」

そのあたりは奨太とか篤郎とは違うみたいだ。あの二人は毎日揚げものとか肉たっぷりでも平気なんだよね。で、言われてよく見ればサイコロステーキはもも肉って書いてあった。

「だったらよかったです」

一緒に暮らしてく以上、食の傾向は近いほうがいいからね。ほかのことも、あんまり気にならないし。ほら、細かいことってあるじゃん。足音が気になるとか靴の脱ぎ方がどうだとか、食べ方が気に障るとか。集団生活してたときもいろいろあったもん。奨太でさえ実はちょっとあるんだよ。あいつってショートスリーパーで三時間くらいしか寝ないの。だからいつも夜中まで活動してて、たまにそれが気になって眠れなかったりするんだよね。気配とか小さい音とか。個室があればいいんだけど、ホームだとそういうわけにもいかないし。

あと篤郎はいろいろ無理なとこがある。歩くときは踵《かかと》着地で足音でっかいし、バスマットはビチャビチャにするし、パスタは蕎麦《そば》食いだし。

「そういえば、篤郎からなにかあったのかって聞かれました」

「うん?」

「かなり浮かれてたみたいで。今日のご飯、すごく楽しみだったんです」

僕の言葉は意外だったみたいで瑛司さんはまじまじと見つめてきた。そんなに驚くこと……なのかも。最初の頃、瑛司さんに対して身がまえてたのは確かだし、記憶なくす前はわりとあからさまに苦手って態度だったみたいだし。

「よかった。怯《おび》えられたらどうしようかと思ってたよ」

「怯えたりしないですよ」

「前はしてたんだよ。第一印象が悪すぎたらしくて、話すときはいつも緊張していた。なるべく接触しないようにしていたんだが」

「篤郎もそんなこと言ってたけど……」

どうやら誇張された話でもなかったみたい。でも事故がどうのは完全に妄想だと思うんだよね。

「あいつは俺を嫌っているからね。君の転落事故も、仕組んだんじゃないかと詰め寄られたし」

「ええー……直接それ言ったんだ……」

まさか本人にも言ってたとは思わなかった。陰で言うだけじゃないっていうのは、なんていうか堂々としすぎてて驚く。

なんて考えてると、瑛司さんがじっと僕を見つめていたことに気がついた。

「な、なんですか?」

「その後、篤郎とは上手くいってるみたいだな」

「あー、まぁそれなりに」

正直なところ、告白の件は忘れてるときもある。篤郎が目の前にいないときはもちろん、一緒にいても普段は思い出さない。振った相手と友達付き合いを続けるのって僕的にはどうかと思ってたけど、あれ以来篤郎はなにも言わないし、もしかしてもう気持ちは変わったのかも、なんて気もしてる。確認するつもりはないけど。

ちょうど話が途切れたときにドリンクが運ばれてきて、お通しが置かれていった。蕪《かぶ》のそぼろ餡《あん》かけだった。

「あ、美味しい」

とろとろ加減が絶妙だ。今度家政婦さんに頼んで作ってもらおうかな。こういうのは相変わらず作るのが苦手。

「ところで明日の予定は？」

「え？　あ、特にないです。奨太も学校行事でいろいろやることがあるみたいだし、篤郎もなんか従兄弟の結婚式だとかで」

もちろん母方のね。話を聞いてると、母方の親戚とはいろいろと付き合いが深いみたい。なにかと親戚行事があるってぼやいてた。逆に父方は親戚がほとんどいないらしいし、付き合いもほぼないんだって。いたとしてもきっと瑛司さんは呼ばれないんだろうけど。

特に関心はなさそうで、瑛司さんは軽く頷いただけだった。

「瑛司さんは？」

「俺もない。久しぶりに静かな週末になりそうだな」

確かに、夏からずっと週末はあの二人のどっちかが来てたからなぁ。僕的には賑やかで好きなんだけど、瑛司さんは違うのかもしれない。食事のとき以外は自分の部屋にいることが多かったもんね。車でどっかに出かけたり。

瑛司さんと同居して二ヵ月ちょっと。そのあいだに彼女らしき人の気配を感じたことはない。いないのかな。こんなに格好いいのに？　それとも隠してるんだろうか。彼女いないんですか？　なんて気軽に聞ける人じゃないんだよねー。

外泊したこともなかった気がする。遅くに帰ってきたことはあったはずだけど、朝は普通にご飯食べに起きてきたし。

「どうした？」

「あ、いえ。朝ご飯に……」

「朝食がどうした？」

「えっと、材料あったかなって。いや、あるんですけど。もうちょっと買い足そうかなと思って」

とっさに言ったにしては、まぁまぁ自然な気がする。卵もパンも野菜も、なんなら作り置きのスープだってあるのは知ってる。あ、ヨーグルトはなかったはず。よし、明日はホテルみたいなモーニングにしちゃおう。食べたことないからイメージだけど。

「明日は豪華な朝ご飯にします。お昼いらないくらいの」

「それは楽しみだな」

本心からそう言われてる感じがして嬉しくなった。ランチは無理としても、代わりに軽くおやつは食べたい。で、夜ご飯は普通に。

それから次々と頼んだ料理が来て、大学の話とか瑛司さんの仕事の話とかをしながら食べて、一時間半くらいで店を出た。

駅前はさっきよりは人が少なかったけど、それなりに多かった。金曜日だから余計かも。

「うん、やっぱり見られてる」

「普段は意識してないだけじゃないか？」

「だから意識するほど見られないです」

「なるほど。どうやら君は鈍いらしい」

「はい？」

なんか失礼なこと言われた！　僕が聞き返したら「まずいな」みたいな顔したから、無意識だったみたい。

「いや、悪い意味ではなく」

「え、いい意味があるんだ？」

「……おおらか？」

なぜ疑問系。うん、こういうところなんだなぁっと納得した。篤郎に言わせると瑛司さんは相当口が悪いらしいし、奨太も皮肉っぽいとは言ってたし。いままで遠慮してたってことなのか。

「あの、気を使わなくてもいいですよ。普通にしゃべってください。いまさら怖がったりしないですから」

「だったら君も敬語はやめてくれ。従兄弟なんだしな」

「う……うん」

「で、話の続きだ。君は自身への視線も多いのにそれに気付いていないいんだよ。もう少し自覚と警戒心を持ったほうがいいと思うんだが」

「警戒心？」

自覚はともかく警戒心ってなんだろう。いや、見られることがあるのは知ってるよ。昔から言われてきたから、それなりに見られる顔なのは自覚してるし。だって死んだお母さん、綺麗な人だったからね。友達からも言われてたし、近所でも評判だった。僕がそのお母さんに似てることだってちゃんとわかってる。

「君はいかにも隙がありそうだ。真意はともかく無駄に愛想もいい」

「はぁ」

さらっと貶《けな》されてる……でも非難されてるわけでも悪口でもないみたいだ。隣を歩く瑛司さんの顔を見たら真面目《まじめ》な表情をしてた。

「少しでも気を許した相手には無防備ですらある。これでは自分に好意があると相手に誤解を与えかねないし、期待をさせる可能性が高い」

ふっと篤郎の顔が浮かんだ。もしかして篤郎もそうだったんだろうか。僕が変な誤解を与えてしまったってこと？

あいつからの告白がなかったら、瑛司さんの話もきっと半分くらい聞き流してたかもしれない……。もしかして瑛司さんも篤郎の気持ちを知ってるんだろうか。

「気をつけます……」

「そうしてくれ」

話してるあいだに駅からは離れていた。人通りはあるものの、ぐっとその数は減っている。立ち止まってる人はいないから視線もそう気にならない。

道沿いにあるスーパーに寄って、ヨーグルトとジャムとフルーツトマトを籠《かご》に入れる。あ、籠を持ってるのは瑛司さんね。ついでに明日の晩ご飯用のも買おう。なにがいいかな。確か明日は気温がぐっと下がるとか言ってたから鍋もいいかも。よし、白菜だ。あとは肉とか魚とかは冷凍してるのがあったから、適当に入れちゃえばいい。椎茸《しいたけ》とかもあるし。

「そういえば瑛司さんって料理はするの？」

「いや、まったく」

「え、でも一人暮らし……」

「できなくても一人暮らしは可能だ。いまどきの冷凍食品は優秀だし、コンビニの総菜もある。実はやろうとしたんだがセンスがないことがわかって、早々に諦めた」

それは「できない」んじゃなくて「しない」って言うんじゃないだろうか。苦手意識のせいで敵前逃亡しちゃっただけだ。器用そうだし、味覚はちゃんとしてるから、きっとやればできるはずなんだけどな。

でもなんか、いいなって思ってしまった。完璧超人だと思ってた瑛司さんが料理のことを話すとき顔をしかめたりするの、ちょっと可愛いかも。だって少しくらいだめなところがあったほうが親しみやすい。

「帰ったらコーヒー淹《い》れるね」

「それくらいなら俺がやるよ」

「じゃあお願いします」

確か高そうなチョコレートがあったから、コーヒーのお供はそれで。

レジで会計しようとしたら、さっと先に支払いをすまされてしまった。早い。僕がしたのは結局、品物を選んで籠に入れただけだった。

スーパーを出ようとしたら、ちょうど入って来ようとしてた若いカップルとぶつかりそうになった。二人とも話に夢中でこっちにはまったく注意を向けてなかったし、実は僕も瑛司さんから荷物を少し分けてもらおうとしてそっちを見てたから反応が遅れてしまった。

そしたら瑛司さんに肩をぐいっと引き寄せられて、びっくりした。おかげでぶつからずにすんだんだけども。

「あ……ありがと」

言ってから振り返ってみたけどカップルは全然気付いてなくて、相変わらず楽しそうに話してる。お互いしか見てないなぁ。まったくまわりを見てない、っていうか目に入ってない。完全に二人の世界だ。

付き合い始めたばかりなんだろうか。年は僕とそんなに変わらないように思える。でも僕はきっとあんなふうにはなれないだろうな。そもそも恋だってしたことない。いいなっていう相手は小学校のときにも中学でもいたけど、ただそれだけだった。まわりが見えなくなるほど夢中になったことはなかった。

「どうした？　知り合いだったか？」

「あ、いやそうじゃなくて……二人の世界に入っちゃってるなぁって」

なにがすごいって買いものしようとしてるのに世界から出てきてないってことだ。目的あるのにそれってすごくない？

「確かにね。まぁ、あの手の世界は入るのも一瞬なら出るのも一瞬だ。年が明ける頃には相手への不満を友人に垂れ流し、春には赤の他人ということもありうる」

「……手厳しい……」

でもまぁ、ない話じゃない。だって記憶なくしてから大学に通い始めてまだちょっとしかたってないのに、誰それがくっついた別れたって話、いくつも聞いた。前期試験前にくっついたカップルが夏休み明けには別れてたって話題も耳にしたし、もっとすごいのは休み明けに付き合いだしたのに二週間でだめになったって話だ。僕が思ってたよりも恋愛ってお手軽なものだったらしい。

とかなんとか考えてたのが悪かったのか、なんでもない段差に爪先が引っかかった。

「わっ」

ヤバいこけたっ、と思ったと同時にぽすんと瑛司さんの胸に飛び込む格好になった。とっさに瑛司さんが僕の前に出て身体《からだ》の向きも変えて、その身体と手で転倒を阻止してくれたんだ。素晴らしい反射神経。

「あ、ありがと」

かなり恥ずかしい。いや、さすがにあのままでも転びはしなかったと思うんだけどね。蹴躓《けつまず》いても立て直せるくらいには運動神経あるつもり……一センチもない段差に引っかかったという事実は無視するとして。

「君は意外と危なっかしいな。階段から落ちるわ躓くわ……いや、意外でもないか」

「え？」

「ある意味、見た目通りだ」

くすっと笑われた！　待って、それっていかにも転びそうだし落ちそうだって意味？

「こ、こんなこと滅多にないし」

「そうなのか」

「これでも、しっかり者で通ってきたんですけど」

あの施設には僕より年長者はいない。いや、前はいたけど僕が中学二年になる年に出て行って、少なくとも高二の夏まではいなかった。だからお兄ちゃんとしてやってきたんだ。見た目は確かに頼りないって思われがちだよ。けど下の子たちには頼りにされてたし、期待にはそこそこ応えてきたと思ってる。

「なるほど。『しっかり』と『うっかり』は同居できるわけだな」

ちょっと笑いながらだから、これはからかってるんだろうなぁ。真顔でやられたらさすがにメンタルにダメージ入るところだった。いや、悪意ないってわかってるから平気。ちょっとした軽口っていうかね。僕も奨太とは遠慮のないやりとりしてるし、それに近いものはあるかも。

少し黙り込んでたら、ポンって頭を叩《たた》かれ……違う、撫《な》でられた。

「え？」

「以前と比べると顔に力が入らなくなった」

「……はい？」

顔に力？　それはどういう意味なんだろう。

「俺といるときは緊張が顔に出ていたし、弟たちといると妙にキリッとした顔をしてたからな。無意識なんだろうが……」

前者はともかく後者は言われてもピンと来なかった。うーん、でもしっかりしなきゃっていう気合い……気負い？　みたいなものはあったかもね。

それはともかく、じゃあいまはどんな顔してるんだろう？

いつの間にか家の前まで来てて、開いた門から入るように促された。門から玄関までは少し歩く。玄関前は暗くなると自動で明かりが点《つ》くシステムだから明るさは十分だ。

ロックは指紋照合。あ、もちろん物理的な鍵《かぎ》でも開けられるよ。二種類もあるからちょっと面倒で使わないけど。指紋はいまは僕と瑛司さんのものだけ登録されてる。

家に入りながら、さっきの意味を聞こうと思って瑛司さんの顔を見た。さっきまでと違って顔がよく見えた。心なしか表情が柔らかいような気がして、思わず見とれてしまった。

ほんとに格好いい。仏頂面だったり無表情だったりすると途端に怖くなるというか近づきがたくなるんだけど、いまみたいに柔らかさが見えるとびっくりするくらいに目が引きつけられる。

「どうした？」

「あ……ううん、格好いいなって……」

素直に言ったら驚いた顔をされた。それから少し困ったように苦笑して、もう一回くしゃっと僕の頭を撫でた。

淹れてもらった食後のコーヒーは意外なほど美味しかった。

一緒にご飯を食べるようになってしばらくすると、相手の好みとか適量とかがわかるようになってくる。

瑛司さんは苦手なものはあっても、そこは大人だからか口をつけないってことはない。出されたものは食べる人だ。外食のときは、あえて嫌いなものは頼まないって感じかな。量は思ったよりも食べる。もちろん十代の奨太や篤郎ほどじゃないけど。

自然と夕食作りにも身が入るようになった。やっぱりね、美味しいって食べてくれると嬉しいじゃん。奨太たちだって言ってくれるしガツガツ食べてくれるけど、奨太は子供の頃から餌付《えづ》けしちゃってるわけだし、篤郎はなに食べても美味しいって言うから、どうしてもね。

今日は張り切ってビーフシチューを作ってみた。圧力鍋買ったら作ってみようと思ってたんだ。ホームにいたときもスジ肉とかでそれっぽいものは作ったけど、今回はちょっといい肉を使ってみた。もうね、自画自賛の出来。そこにガーリックライスとパンを用意した。どっちかにしようと思ったんだけど、どっちも捨てがたくて。あとサラダとタコのマリネも付けた。

で、今日も褒めてもらえたよ。べた褒めって感じじゃないんだけど、さらっと言ってくれるんだよね。シチューのおかわりもしてくれたし。

あ、そういえば最近はご飯食べた後も部屋に戻らなくなったんだ。ただし奨太とか篤郎がいるときは、遠慮するんだかうるさいのが嫌なのかはわからないけどいなくなる。

平日の今日はリビングでのんびりコーヒータイムだ。もちろん瑛司さんが淹れてくれた。長いほうのソファに並んで座ってるけど、一人分くらい空いてる。

「うん、美味しい」

砂糖は入れずに牛乳を少しだけ。これが僕的ベストだ。もらった焼き菓子があったからデザート代わりに出したんだけど食べたのは僕だけだった。

テレビはさっきまでついてたけどうるさいから消した。瑛司さんが。そうなると今度は静かすぎて、会話が途切れるとしーんとしてしまう。

いまもそう。カップを置く音がよく聞こえた。

最初の頃、無理して話を振ってたのが嘘みたいだ。会話がなくなっても自然だし、それはそれで心地いいなって思える。

いま瑛司さんは本を読んでるし、僕もスマホを見てるところ。

あ、コーヒーのおかわり淹れてこようかな。その前にお風呂沸かそう。って思ってたら、僕のスマホが鳴りだした。

篤郎だった。連絡はよく来るけど電話っていうのは珍しい。

「もしもし？」

『あー、いま大丈夫か？』

「うん」

ちらっと瑛司さんを見ると、まるで気付いてないみたいな感じで本を読み続けてる。いちいち反応しないってだけなんだろうけど。

『あのさ、理玖ってそろそろ誕生日だろ？』

「え？　ああ、うん」

『誕生日、予定空けといてくんないか？　いやほら、去年はさ、誕生日がいつか知らなくて、気付いたら過ぎちゃってたじゃん。プレゼントなんて十二月になっちゃったしさ。だから今年は当日にって思って』

「う、うん？　ごめん、覚えてなくて。そうだったんだ」

『あっ、そ……そうか、そうだよな。記憶ないんだもんな』

すっかり忘れてたみたいだ。普段はあんまり意識しないことだからしょうがないと思う。僕だって常に意識してるわけじゃないくらいだし。

「えーと、それで？　お誕生日会やってくれるってこと？」

言った途端、隣で小さくぷっと噴き出す音がした。なんで笑われ……あっ、うん……大学生が口にするような言葉じゃなかったよね……。

いや、言い訳させてもらうとね。ホームではやるんだよ。一人ずつじゃないけど、毎月の終わりくらいに、その月に生まれた子をまとめて祝うんだ。だからつい言っちゃったわけで。

『お……お誕生日会……』

篤郎の戸惑うような声が追い打ちをかけてくる。

「しょうがないじゃん！　母親死んでから、ずっとみんなでやってたんだからさ」

『あー、そうだよな。いや、別にあれだぞ。馬鹿にしたとかっていうんじゃないからな、可愛いなって思って……』

あれか、小学生みたいで可愛いってことか。いくら僕に告白してきたからって、まさかそういう意味で可愛いなんて思ったわけじゃないよね？

目の前にいたら、きっとジト目で見てたな。あ、そういえば隣でも噴いた人がいたんだった。

『と、とにかく誕生パーティーしたいからよろしくな』

言い方変えただけじゃん。別にお誕生日会でもいいじゃん。

それにしても篤郎がやたらと前のめりで引いてしまう。さっきから声上ずってるし、電話の向こうで汗かいてるんじゃないのって思うくらいの熱量を感じる。

僕が少し黙ってたら、はっと息を飲む気配がした。

『も、もちろんあいつも……奨太も一緒で！　って、まだ声かけてないんだけどさ。まず理玖にって思って』

なんだか取ってつけたように奨太が出てきたなぁ。

「奨太には僕から言っとくね。あ、瑛司さんもいいかな？　いいよね？」

いきなり名前が出たことに驚いたらしくて、瑛司さんが本から顔を上げてこっちを見てた。その瑛司さんに確認する意味で最後の「いいよね？」は言ったつもり。じっと顔を見て。

断られるかな、と思ったけど、瑛司さんは苦笑しながら軽く頷いてくれた。マジか。

『……わかった。四人な』

そして篤郎も一瞬たじろいだものの承知した。嫌々だったんだろうけども、ここで瑛司さんだけ拒否することはしなかった。そんなことしたら子供っぽすぎるもんね。

たぶん急に奨太を参加させる気になったのは、告白のことを思い出したからじゃないだろうか。気まずさからっていうよりも、僕に警戒させないために……というか。いや別に警戒はしてないけどね。二人きりになったからって篤郎が強硬手段に出るとは思ってない。そもそもまだ僕のこと好きなのかも不明だし。

確認……はできない。やぶ蛇《へび》は嫌だ。篤郎とは普通に友達でいたい。相手が自分のこと好きだって意識すると態度だって不自然になるし、空気も微妙になるし。

「場所ってうちでいいのかな」

『そのへん含めて相談しようと思ってた』

「うーん……篤郎だからチョイスしないと思うけど、気取ったレストランとか嫌だからね。居酒屋とかでいいから」

『それもなんかなぁ……』

「うちでする？　気は楽だよね」

『場所は別にそれでもいいけど、そうすっとおまえがゲストっぽくならねーじゃん。理玖もなにか作るとか言い出しそうだし』

まぁ、そうかな。自分の家でってことになったら、あれこれ手は出すと思う。奨太の腕前はパーティー料理にはどうかと思うし、篤郎と瑛司さんは論外。ってなるとデリバリーとかケータリングになるのか。うーん。

どうしたものか。って思ってたから、コンコンと軽い音がした。瑛司さんが本の表紙——ハードカバーだった——を指先で叩く音だった。

「資金は俺が出すから、外でよさそうなところを予約するように伝えてくれ」

「……わかった」

言われたことをほとんどそのまま伝えると、不本意そうだったけど篤郎は納得してくれた。かと思ったら、いきなり『店選びは任せろ』なんて鼻息を荒くした。

切り替えが早いところは篤郎らしい。短い付き合いだけど、そのへんはわかってる。

『じゃあ奨太のほうはよろしく頼むな』

「うん」

用件が終わると篤郎は話を長引かせることなく電話を切った。僕はそれからすぐ奨太にメッセージを送って、ふうと息をついた。

「なんか、いろいろごめんなさい」

付き合わせるだけじゃなくてお金まで出してもらうなんて、本当に申し訳ないと思った。けど瑛司さんは全然気にした様子もなかった。

「誕生日プレゼントだと思えばいい。去年の分と、合算で」

「二年分？」

「そう」

「あー、じゃあ遠慮なく」

なるほど、去年は誕生日を祝い合うような関係じゃなかったってことだね。そう言えば瑛司さんの誕生日はいつなんだろう？

「瑛司さんはいつなの？」

「八月の頭」

「え、過ぎてるじゃん」

僕が事故起こした頃だ。知ってたら少しくらい遅れてもお祝いしたのにな。しばらく安静状態だったから料理作ったりはできなかっただろうけど。

記憶をなくす前の僕は知ってたのかな。知ってたとしても、前の僕と瑛司さんの関係を考えると、なにもしなかったかもしれない。だとしたら、記憶なくしてよかった……のかも。

「よし、明日の夜はごちそうにする！」

「は？」

「なにが食べたい？　なんでも……は無理かもだけど、瑛司さんの好きなもの作るよ。いまさらだけど、誕生日ってことで！」

プレゼントはあえてなし。だって瑛司さんが僕のパーティー代をプレゼントってことにするなら、僕も食事で返すのがいいのかなって。

瑛司さんはふっと笑みをこぼした。

「そうだな……」

遠慮なくどうぞ。できる限り、頑張ります。


僕の誕生日会……パーティーの会場は、個室のカラオケダイニング……になった。店の名前は長い英語だったから覚えてない。

うちの最寄り駅からだと、二つ目。少しだけ大学や瑛司さんの会社に近い駅から歩いて一分のところ。結構栄えてる駅なんだけど降りるのは初めてだった。三十分くらい早く来ちゃったから、奨太と買いものをして時間を潰してた。買うつもりなかったのに、奨太に乗せられて服とか帽子とか買ってしまった。

駅からは地図アプリで簡単に来られた。ここは個室がいくつもあって、カップル用から二十人くらい入れる大部屋まで揃《そろ》ってるらしい。カラオケというから一般的なカラオケルームを想像して来たら、部屋は木目調で落ち着いてて、しかもカラオケの機材もキャビネットに上手く隠されてて、かなり雰囲気のいい和風モダンって感じだった。料理もかなり力を入れてるみたい。

部屋も普通というか、カラオケルームにありがちな壁際に沿ってソファが置かれてる形じゃなくて、中央にテーブルがあって椅子が四つあるレイアウト。ソファ席と違ってご飯食べるにはこっちのほうがいいよね。

いま部屋にいるのは僕と奨太と篤郎だけだ。瑛司さんは仕事の都合で後から合流ってことになってる。先に始めててくれって言われたから、それぞれ好きなもの頼んでつまんでるところ。

誕生日祝いの乾杯は二回すればいいじゃん、ってことで、初回はもう三人ですませた。

「プレゼントって先に渡していいんだよな？」

「いいんじゃない？」

「んじゃ俺から」

って渡されたのは、手帳型のスマホケースだった。僕が剝《む》き出しで持ってるのが気になってたらしい。水色を基調にしたシンプルなやつだ。

「ありがとう。早速使う」

「僕はこれ。欲しがってたやつだよ」

奨太が平べったい素っ気ない袋を差し出してきた。どう見ても本だって気付いて、思わず目を輝かせてしまった。

急いで袋から出すと、それは確かに僕が欲しがってた本だった。三十年以上前の古い本で、とっくの昔に絶版になってしまったものだ。もともと部数が少なかった上に、ファンにはマニアが多いから手放す人もあまりいなくて、なかなか出まわらないんだ。

「ありがと。どこで見つけたの？」

「そりゃもう古本屋を巡って。ネットで探しまくっても見つからなくてさー」

うんうん、そうなんだよね。僕も月一で検索かけてたんだけど、本当に見つからなかった。古本だし、出まわらないわりに価格高騰する作者でもないから、本自体はきっと安い。けど見つけるのにかけた時間と労力はすごかったはずなんだ。

こういうところが奨太の可愛いところだよね。

本を袋に戻してバッグに入れて、代わりにスマホを取り出す。で、もらったケースにパチンとはめ込んでみた。僕の機種に合うケースなんだから当然なのに、ぴったりはまると「おおっ」て思うのはなんでだろう。

篤郎も満足そうだった。

「よし、ドリンク追加するけど、おまえらは？」

「これと同じのー」

「僕はまだいいや」

当然みんな未成年だからソフトドリンクだ。なにかあったら保護者の瑛司さんに迷惑かけちゃうからね。

あ、アヒージョがまだ残ってる。エビ美味しいよね。

「あっ」

ちょっと意識が逸《そ》れてたのがまずかった。結論からいうとグラスが倒れて、二センチくらい残ってたオレンジジュースが氷と一緒にどばっと僕のほうにこぼれてきてしまった。

瑛司さんから連絡来ないかなって思って、ちらっとスマホ見たときに、ちょうど篤郎の手と当たっちゃって、とっさに手を引いたらグラスに引っかかった……って感じ。

うう、ちょっと冷たい……。

「うわー、大丈夫か？」

「これ放っといたらベタベタするかな」

「その前に色的にヤバい。なんで今日に限って白なんだよ」

「それは奨太に言って」

コーディネートしたのは奨太なんだよ。なんか夕方うちに来て、人のクローゼット勝手にあさってこれにしろって言われて。それが白いスキニーパンツにモカベージュのざっくりしたロングニットだったんだ。面倒だって言ったのにごり押しされて現在に至る……。

「単純に好みにしてみた。せっかくだしぃ」

「せっかくってなに」

「いろんな服着せてみたいんだもーん。でもって一緒に歩きたいんだもん。せっかくいろんな服が着られるようになったんだしさぁ」

「おまえ、それ……」

篤郎がじとっとした目で見ると、奨太は違う違うと指先を振った。まるで「しっしっ」と、なにか追い払うような感じで。

「自慢の兄貴だよぉ？　当然じゃん。ずーっと古着が基本だったからさ、理玖は絶対こういうの似合うのにって思ってたんだよねぇ」

「着せ替え人形かよ」

「いいのかなぁ、そんなこと言って。篤郎だって理玖の可愛いカッコ見たいでしょー？」

「それは……」

ぐぬぬっ、て感じで篤郎が黙り込んだ。そうか、見たいのか。うん、なんかね、ユニセックスな服だなぁとは思ってたんだ。そっか、これ可愛い格好なのか。

奨太の趣味もわかんないなぁ……。いや、そんなことよりこれなんとかしなきゃ。

「ちょっとトイレ行って着替えてくる」

さっき買った服が早速役に立った。

「行ってらっしゃーい」

「え、なんで。ここでいいじゃん」

きょとん、みたいな顔で篤郎が言って、僕は立ち上がりかけで止まってしまった。手を振ろうとしてた奨太もぴたっと止まってる。

いやいや、ないでしょ。いくら個室だからってさぁ。男同士ですけども、さすがに告白してきた相手の前で着替えるのは遠慮したい。奨太だけだったら間違いなくここで着替えてたね。

固まった僕を見て篤郎は息を飲んで、それから大慌てでワイパーみたいに両手を振った。

「い、いまのなし！」

どうぞどうぞ、って感じでドアの方向に手を伸ばしてる。

「……行ってくる」

廊下へ出ると、別の部屋の歌声が少しだけ聞こえてくる。自分たちの部屋にいるときは流れてる音楽のおかげで聞こえないんだけどね。ＢＧＭを五種類のなかから選べるっていう仕様もなかなかいいと思う。篤郎、頑張ってリサーチしたんだな。

ちょうどトイレの個室が空いてたから、急いでパンツを穿《は》き替えた。付いてたタグとか値札とかはウエストに押し込む。取ろうと思ったんだけど引っ張っても千切れなかった……。

そのままトイレから出たところで、別の部屋から大学生くらいの男が出てきた。チャラい感じで、足下が危なっかしい。相当酔ってるなぁ。

「あーっ、可愛い子はっけーん！」

もしかしてそれ、僕のことを言ってるんだろうか。廊下にはほかに誰もいない。振り返って確認したから間違いない。それとも僕には見えないモノがいるとか？

無視して横をすり抜けようとしたら、がしっと肩をつかまれた。あ、やっぱり僕のことだったらしい。

「高校生？　誰と来てんの？　俺らの部屋来ない？　奢《おご》るよー」

「行きません」

「いいじゃん、来なよー。楽しいよー？　男ばっかだけど」

やだなぁ酒臭い。顔寄せられて興奮気味になにか言われるたびに、アルコール臭たっぷりの息がかかる。最悪。

振り払って行こうとしたら、逆に壁へ押しつけられた。

「なにすんだよ……！」

「壁ドン」

古いよ。それに、絶対これは違う。だって壁ドンは自分の手を壁につくんであって、相手を壁に押しつけることじゃない。ちょっとだけ肩痛かったぞ。

「マジで可愛い！」

「ちょっ……」

いきなり抱きつかれて固まってしまう。いくら酔ってるからって、なんで知らない相手に……しかも男に抱きつく？

さらに「んー」とか言いながら唇を突き出してくるからゾッとした。

嫌悪を感じながら押しのけようとしたとき、僕に張り付いてた男が離れていった。違う、引きはがされていったんだ。

いつの間にか来てた瑛司さんが、男の襟首をつかんでポイッと捨てた。結構乱暴だ。別にそいつは転んだりとかしてないけど。

「なにすんだよ」

それ、さっきの僕のセリフ。

「知り合いか？」

男の問いかけを無視して、瑛司さんは僕に聞いてきた。もちろん答えはノー。首を横に振ってから、瑛司さんの背中に隠れる。

「なんだよてめー」

「この子の保護者だ。さて、防犯カメラには一部始終が映ってるし、その気になれば君を訴えることもできるんだが、どうする？」

チャラい男は舌打ちした。

「彼氏付きかよ」

いやいや、話聞こうよ。保護者って言ったじゃん。あ、そうか酔っ払いだった。まともに会話できない系か。

大学生っぽいやつはブツブツ言いながらトイレに入って行った。よかった、あっさり引いてくれた。それにしても男相手にナンパする人っているんだなぁ。ナンパ……だよね？　違うのかな？　それとも痴漢？

「行こう」

肩を抱かれたことに、しばらく気がつかなかった。それくらい自然だったんだ。

「……びっくりした」

「ああいうことはよくあるのか？」

「まさか！」

だから本当に驚いてしまったし、瑛司さんが彼氏なんて……そう見る人もいるんだってことに、もっと驚いた。

篤郎に告白されたり、瑛司さんとカップルに見られたり、ここへ来て急に男同士の恋愛が身近なものになった気がする。ついこのあいだ——高校二年の夏までは、恋愛自体に縁がなかったのにね。それとも記憶にない二年のあいだに、なにかあったんだろうか。

部屋の前で瑛司さんの手が離れていった。

それを寂しいなんて感じてしまったことに、なんだかとても戸惑った。これってどういうことなんだろう。

「あ、お帰りー。って、こんばんは」

ドアを開けた途端、奨太の声が飛んできた。僕に声をかけてから瑛司さんに気付いたらしい。篤郎は素っ気なく「おう」なんて言ってる。

「ジュース落ちた？」

「……洗ってない」

「え、着替えただけ？　貸して。洗ってくるよー」

「い、いいよ。自分でやる」

もう一回トイレに行こうとして、さっきの男のことを思い出して止まってしまった。

まだいるかもしれない。瑛司さんが釘《くぎ》刺したから大丈夫だとは思うんだけど、相手は酔っ払いだ。

行動が全然読めない。

「奨太くんに頼むか、もう少したってからにしたほうがいいな。どうしてもと言うなら、俺がついて行く」

「なにかあったの？」

って、思うよね。奨太だけじゃなく篤郎も目がマジになってる。

どう説明したものか……って思ってたら、瑛司さんがものすごく簡潔に廊下でのことを言ってしまった。大学生ふうの酔っ払いに襲われかけていた、って。

「はぁ!?　襲われたっ？」

「襲われたっていうか、抱きつかれただけで！」

「見逃したのかよ！　警察に突き出せよ！」

「ええっ！」

篤郎の発想が大げさすぎて、素《す》っ頓狂《とんきょう》な声が出てしまった。瑛司さんも訴えるぞ、みたいことは言ってたけど、あれは完全に相手を引き下がらせるためだったと思う。でも篤郎のはマジだ。目がそうだって訴えてる。

「あっ、理玖に言ったんじゃないからな。あんただよ、あんた！」

篤郎がびしっと瑛司さんを指さした。

「いやいや、そんな大事《おおごと》になるの嫌だよ！」

騒ぎ立てる篤郎をなんとか宥《なだ》めるあいだに、奨太は瑛司さんから詳しい話を聞いていた。僕が疲れ果てて椅子に座るのと同時に、奨太がジュースの染みこんだパンツを持って出て行った。あまりにも自然で止める暇もなかった。

その奨太が戻ってくる頃には荒れた空気も落ち着いて、僕の誕生日会は無事に始まった。瑛司さんが来てからが本番って意味で。

最初は僕のナンパ事件？　もあってぎこちなかったんだけども、そのうち楽しくなってきて結構盛り上がったと思う。まぁ盛り上がるっていっても、テンション高いのは篤郎で、ほかはいつも通りだったけど。

ちなみにナンパ男がいたグループとは、それ以降まったく会うことはなかったよ。

時間って、なんでこんなに早く流れるんだろうね。

気がつけばすっかり季節が変わってた。外はもう木枯らしが吹いてるし、テレビは特番ばっかりだ。街を歩けばクリスマスソングが流れてて、今日なんてひょっとしたら雪が降るかもなんて気象予報士が言ってた。

誕生日を祝ってもらったの、ついこのあいだのような気がするのになぁ。

「ただいま」

「あ、お帰りなさい」

キッチンでぼうっとしてたら瑛司さんが帰ってきた。火を止めてキッチンから顔を出すと、僕を見て瑛司さんが表情を和らげた。

最近、こんな感じ。出迎えられるのが嬉しいみたい。子供の頃から誰もいない家に帰るのが当たり前、っていうのは寂しいなと思って、なるべく顔を見て出迎えることにしたんだ。

今日も格好いい。朝も見送ったけど、格好よさが違うんだ。

朝は隙がなくてビシッと決まってて見とれるくらいだし、夜はちょっと疲れが見えて……気怠《けだる》げで色っぽい？　ちょっと違うかな、こう……ドキドキする感じ。

自分の部屋に行く瑛司さんを見送って、そっと息を吐き出した。

少し前から僕はおかしい。頑張らないと普通の態度を取れないっていうか、自然な振る舞いを意識して作ってるっていうか。

緊張とは違うんだ。気まずいわけでもない。なんていうか……瑛司さんの前ではいい顔したい、みたいな。少し違うかも。いい子だと思われたい……？　うん、似たようなものだけど、こっちのほうが近い。とにかくよく思われたいんだ。

「いい匂いだな」

「あ……うん。牡蠣フライとけんちん汁。後は作り置きのやつ」

「美味そうだ」

自然に手伝いをしてくれる瑛司さんに、むずむずするような落ち着かないような感覚が起きる。恥ずかしいとも違う、ちょっとした照れくささみたいな。

お椀《わん》を受け取る手が大きいとか、指が長くて綺麗だとか、そんなこともいちいち目について、余計に「自然」じゃなくなるんだけど挙動不審ってほどにはなってないはず。

ああでも、まっすぐ見つめ返せないのは自覚してる。だから話すときは鼻のあたりを見るようにしてごまかしてるんだ。

「理玖？」

いつの間にかぼんやりしてたらしい。ご飯をよそってくれた瑛司さんに声をかけられて我に返った。

どうした？　って尋ねる代わりに、頭に手が乗せられる。

子供扱い……なんだろうか。そこまで年は違わないはずなんだけど、社会人から見れば未成年の学生なんか子供なのかな。精神的には高校二年だし……。

なんだかおもしろくない。頭撫でられたりするのは嬉しい反面、ちょっと悔しい。それでドキドキもする。複雑すぎて頭パーンてなりそう。

頑張ってなるべく自然に、話しながら向かい合ってご飯を食べて、片付けはするからって言われて、リビングのソファに落ち着く。自分の部屋に引きこもる理由が浮かばなかったからだ。それと、やっぱりここに残りたい気持ちもあったし。

ご飯中に奨太からメッセージが来てたから、返事を打った。クリスマスの打ち合わせだ。ついでに、珍しく愚痴みたいなものも。

——最近、連絡減ったよね。

奨太に言わせると、少し前から目に見えて減ったらしい。言われてみればそうだ。電話もほぼしないし、メッセージも自分からはあまりしなくなった。来れば返すけど。

昼間はお互いにいろいろ忙しいから、やりとりは夜が多かった。でも最近、食後はリビングにいることが多くなって、メッセージが来ても気付かなかったりするんだよね。篤郎は大学で会ってるから奨太ほど連絡は来ないけど、それでもやっぱり減ってるなぁ……言われるまで気がつかなかった。

「難しい顔して、どうした？」

片付けを終わらせて、瑛司さんがコーヒーまで淹れてくれた。ちゃんとミルクも入ってる。

お礼を言って受け取って、とりあえずクリスマスの予定について伝えることにした。眉間に皺が寄ってた——かもしれない——件は別ものだけども、さすがに言わないでおく。

「クリスマスの日……あ、イブから泊まりで二日間、あっちに顔出すことになってて……去年は受験があったから参加しなかったみたいなんだけど……瑛司さんはうちに来てた？」

あっち、というのは養護施設のことだ。記憶なくしてからもちょくちょく顔を出してる。心配させないように記憶喪失のことは内緒にしてあるけどね。

「いや、去年は親子水入らずで過ごしたはずだ。二人でケーキを食べたと、理《おさむ》さんが喜んで話してくれたよ。本当に嬉しそうだった」

「そっか……」

覚えてないのが申し訳なくなってくる。お父さんのことは話でしか知らない。最後の何ヵ月かを一緒に過ごして、写真だって残ってるのに、僕のなかにはなにもない。

なくした記憶を取り戻したいな、って思うのはこんなときだ。

「プレゼントはこれからか？」

「うん。奨太がリサーチしてくれるっていうから、それ待ち。後は料理作って、ケーキ買って……って感じかな」

去年はプレゼントを奨太に託して、ケータリングとケーキの手配をしたらしいんだよね。今年もそれはやるけど、プラスして僕の手料理なんか持参しようかなと。上達したところをみんなに見せたいっていうのもあるし。

「なんか篤郎も手伝うとか言ってて」

「ああ、いいんじゃないか。こき使ってやれ」

泊まるついでに雑用も引き受けるつもりだから、篤郎の参加は大歓迎だ。とはいえ、後ろめたさもあるのは確か。

だって篤郎が参加するのはボランティア精神ってより、僕への好意が理由の大部分を占めてると思うんだ。それが友情なのか恋愛感情なのかを確かめる気はないけど……。

告白されてから、二ヵ月以上たってる。まだ僕のことを好きでいるのか、違うのか、そのへんがよくわからない。やぶ蛇突くことになるかと思うと、聞くのも憚られるし。できればこのまま篤郎の気持ちが変わってくれたら、っていうのが本音だ。自分でもずるいと思ってる。

「えっと……瑛司さんは？」

「物理的な手伝いは無理だが、金銭的な援助なら」

「あっ、いやそうじゃなくて！　それもありがたいんだけど、いま聞いたのは瑛司さんのクリスマスの予定の話」

「ああ、別にないよ。いま忙しくてね。手伝えないのも同じ理由だ。時間があったとしても俺は子供受けが悪いから、不向きだと思うが」

「そんなことないと思うけど……。週末とかも約束なし？」

「残念ながら」

ちっとも残念そうじゃなく言って瑛司さんはコーヒーを飲む。その横顔も決まってて、まるでコーヒーのCMかなにかみたい。

相変わらず瑛司さんから恋人の話は聞いたことがなかった。気配もあんまり感じない。あんまり、っていうのは、たまに夜遅いときがあるから一応ね。

残業はそれほどない部署だって聞いてるし、飲み会みたいなものもほぼない会社らしいのに、ときどき遅いときがあるんだ。だからって恋人がいる証拠にはならないけど。だって友達くらいいるだろうし、たまにはその友達と飲むことだってあるだろうし。

でもさ、こんなハイスペックな人がフリーっていうほうが不思議だよね。愛想はないけど、絶対まわりが放っておかないと思う。

うーん、相変わらず瑛司さんは謎《なぞ》が多い。自分のことはあんまり話してくれないから、僕からも聞きづらくてそのままになってる。だから本当は恋人がいるんだって言われても、別に驚かない。……驚かないけど、隠されてるんだとしたらおもしろくない。

「ん……」

なんだが胸のあたりがムカムカしてきた。牡蠣フライがよくなかったのかな。油変えてみるのもいいかもしれない。

コーヒー飲もう。確か消化を助けるとかなんとか聞いたことがある……気がする。それってブラックじゃなくても有効なのかな。まぁどっちでもいいか。

「あ、仕事っていつまで？」

「うちは二十八日だな。十日くらい休める」

「さすが外資」

よくわからないけど、外資系は休みが長いイメージだ。

「ちなみに旅行とかは？」

「その予定はないな。寝正月ってやつだ」

それは絶対嘘だ。出かけないのが本当だとしても、だらだら寝てるのは想像ができない。きっと静かに本を読んだり映画観たりするんだろうな。

ちなみに僕は初詣に行ったり、古巣に顔を出したりする予定が入ってる。お節《せち》料理もちゃんと手配したよ。去年もちゃんと数を用意したみたい。子供たちは伝統的なお節料理には興味ないから洋風のにして、それが大好評だったみたいだから今年もそれを五つと普通のを二つにした。

それなりに冬休みは忙しい。手始めに冷めても大丈夫な料理を大量に作らないと。

意気込みながら僕は残ったコーヒーを飲み干した。


忙しくも賑やかなイブとクリスマスはあっという間に過ぎた。過ぎたというか、一応まだクリスマスは六時間近く残ってる。ただ日本にとって本番はイブだから、すっかり燃え尽きた感がある。

カップルにとってはその数日前の週末が本番だったんだろうし。

一転して年越しやら正月やらの雰囲気を押し出してきた街を歩いて、駅から家へ向かった。途中でコンビニでも寄って帰ろうと思ってたら、後ろから声をかけられた。

「理玖」

「えっ……なんか今日早い！」

振り返ったら瑛司さん。もう真っ暗とはいえ、いつもよりずっと帰宅時間が早い。

「出先から直帰だったんだ」

「そっか。あ、晩ご飯になにか買ってく？　僕はサンドイッチくらいでいいんだけど」

「食欲がないのか？」

「じゃなくて、三時過ぎにホットケーキ何枚も食べちゃって。チビたちがお礼に焼いてくれるっていうから」

僕のも食べて、わたしのも食べて……みたいなことになって、五枚以上食べた。一枚一枚は小さめだけど、さすがにヘビーだった。

「ちなみに昨日はなに食べたの？」

「コンビニの弁当ですませた」

「えー……」

用意しなくていいって言うからそうしたんだけど、そんな夕食だったらなにか作っていけばよかった。もしかして無駄になるかもって思って、言われた通りにしたんだけどさ。ほら、予定はないって言いつつ、実はデートとかあるかもしれないじゃん。

隠す理由もないわけだけど。

「久しぶりに食べたんだが……」

「が？」

「美味くなかった。いや、不味いわけじゃないんだが……いろいろと味気ないものだってことをあらためて実感した」

「あー、入れものとか大事だよね」

コンビニ側も多少の工夫はしているんだろうけど、ポリなんとかっていうプラスチックとかって、確かに演出としてかなり足りないと思う。器って大事。

それにしても、本当に予定なかったんだね。しかもコンビニ弁当って……クリスマスもなにもあったものじゃないなぁ。

でもなんか、ほっとした。ん？　いや、ほっこり？

「チキンくらい食べればよかったのに。あ、鶏肉系のお弁当？」

「牛カルビ弁当だった」

「クリスマス感ゼロ！」

思わず笑っちゃって、さすがに失礼かもって真顔になってみた。けど本人——瑛司さんも笑ってるからいいのかも。

「唐揚げでもチキン南蛮でも、クリスマス感ゼロには変わりないぞ」

「確かに」

「そもそもクリスマスに興味はないんだよ。クリスチャンでもないしね」

「僕だってそうだし、日本人はほとんどそうだと思うけど」

キリストの誕生日……生誕？　を祝ってパーティーしてる日本人なんて、滅多にいないと思うよ。祝う人はちゃんと教会で賛美歌とか歌ってるはず。

「イベントごと全般にそうなんだ。年が明けても数字が変わったとしか思わないし」

「あー、じゃあバレンタインは菓子メーカーの戦略に過ぎない……みたいな？」

「好きでもないチョコレートを押しつけられる日だな」

瑛司さんはかなり苦い顔をした。どうやらいい思い出がないらしい。この顔だから、きっと昔からチョコがたくさん集まったんだろうなぁ。僕ももらうことあるけど義理とか友チョコばっかりだ。後はホームの先生とか。あ、チビたち——施設の小さい子たちが一口サイズのチョコくれたりもしたっけ。あれは可愛くてにやにやしちゃうよ。

瑛司さんによると、いまの職場はバレンタインにものをあげるのを禁止しているとかで、煩わしさもなく過ごせているらしい。

「恋人からもらうのはあり？」

「いれば、ありかもしれないな。あと一ヵ月半でそういう相手ができれば、初の経験だ」

ってことは、いないのかな。っていうか、一度も彼女からもらったことないの？　それはたまたま、その時期にいたことがなかったたって意味なのか、彼女自体いたことがないのか。

たまたまだよね。彼女がいなかったとか、あり得ないもん。

「そっか」

とりあえず、いまはいないんだってことがわかった。そうじゃなかったら、いくらイベントごとに興味なくてもクリスマスに一人でコンビニ弁当は食べないよね。いくら当日は仕事だっていっても、待ち合わせてご飯食べるくらいはできるし。

「まだクリスマスだし、プチパーティーしよう！」

「二人でか？」

「そう。あ、ご飯は普通だよ。僕も軽くしか無理だし。でも小さいケーキ買って、気分だけでもそれっぽくしようよ」

スーパーかコンビニのカットケーキでもいい。売れ残りもあるかもだけど、大きいのは二人じゃ無理だからパス。後はシャンパンとか？　チキンも買おう。できれば骨付きのやつ。コンビニじゃなくてスーパーに寄ろう。

なんだかテンション上がってきた。打ち上げ的なクリスマスも楽しいかもしれない。

「あ、大晦日《おおみそか》とか元日は？」

「家にいるよ」

「僕も！　じゃあ年末年始は二人でいられるね」

よし、年越し蕎麦の用意しよう。正月も特別とは考えてないみたいだけど、別に拒否はしないと思うんだよね。

さすがに手打ちとかはしないけど、調べて美味しそうなお蕎麦をゲットするぞ。

なんか楽しくなってきた。

「ご機嫌だな」

「え？」

瑛司さんの顔を見たら、微笑《ほほえ》ましいものを見るような目をして笑ってた。ちょっと恥ずかしいし、眩《まぶ》しい。貴重な柔らか笑顔、プライスレス。あ、でも最近よく見るかも……。だからって価値は下がらないけどね！

へらへらしてたのが面白かったのか、瑛司さんは目を細めてさらに笑って、なにも言わずに僕の頭を撫でてきた。

うーん、また子供扱い。もう大学生なんだけどなー。来年には二十歳《はたち》なんだけどなー。

「行こうか」

促されてスーパーに入って、このあいだみたいに二人でいろいろ買いものをした。楽しくて、またテンションが上がってしまった。

そして大晦日。

大掃除も終わって、レポートも全部片付けて、今日は早めにお風呂に入って、二人で鍋を突《つつ》くことにした。すき焼きだよ。肉はデパ地下で買って来たやつ。買うとき、ちょっと緊張するくらいの値段だった。

テレビはつけない。よく知らない歌も長時間のバラエティー番組もスポーツもなしで、静かな晩ご飯だ。

「去年は一人だったんだ?」

「誘われたんだが、さすがに遠慮した」

一年前の僕はお父さんと二人で年を越したみたい。最後だってわかってたから、僕たちだけにさせたかったんだって。

写真も残ってた。僕のスマホは壊れちゃったけど、撮ってすぐにお父さんに送ったみたいで、それがまだあったんだ。

写真でしか知らないお父さんはすごく穏やかな顔をしてた。僕も自然に笑ってるから、きっといい関係だったんだと思う。短い時間だったけど、ちゃんと親子だったんだと思った。

「瑛司さんは、僕のお父さんと仲良かったの？」

「悪くはなかったよ。ただ、気安い関係ではなかったな」

瑛司さんは高校生のときにお母さん——僕にとっては伯母《おば》さんになる——を亡くして、この家に引き取られたんだけど、同じ家にいるっていうだけで、お父さんとは一緒に食事をしたこともなかったんだって。

「叔父と甥《おい》というよりも、上司と部下のような感じだったよ」

で、瑛司さんのお母さんも仕事一筋で、誕生日だろうがクリスマスだろうが、子供と一緒に特別な日を過ごす、という人ではなかったらしい。プレゼントの代わりに現金をくれて、好きなものを買いなさい、ってスタイルだったそう。

家事をしない人だって話は前も聞いたけど、そこまでだったとは。ちなみにお掃除とか料理は専門の人を雇ってたんだって。

「父が再婚相手に家庭的な女性を選んだのは、その反動だろうな」

「なるほど」

むしろなんで瑛司さんのお母さんと結婚したんだろう、と思ったら、どうやら政略結婚だった模様。両方の家が決めた形だったらしい。

「父の気持ちはわかる」

折り合いは悪いけど共感はしてるみたいだ。両親のことを語るとき、瑛司さんの表情とか声のトーンは一定で、あんまり感情が乗ってない。どっちかに寄ってるってわけでもないんだよね。嫌いとか恨んでるとかいうこともない代わりに、愛情もあんまり感じない。

「理玖の事故がなければ、こうやって食事を楽しいと思うこともなかったんだろうな」

「んん？」

ちょうど焼き豆腐を口に入れたところだった。もぐもぐと咀嚼しながら、じっと瑛司さんを見つめ返す。でも相変わらず見てるのは鼻のあたりだ。だってそうでもしないと挙動不審になっちゃうからね。

「明かりが点いてる家に帰って、理玖が笑顔で『お帰り』と言ってくれて、手作りの温かい食事ができてる……。これでもかなり幸せを感じてるんだ」

「そ……そうなんだ……」

目が泳ぐ。なにこれ、なにこれ！　顔が熱くなってきて心臓ばくばくいってて、完全に挙動不審になっちゃってるよ。だって恥ずかしい、っていうか照れる！　その上、瑛司さんの口調も表情も優しいし、破壊力半端ない！

あうあう言ってたら、なんか「可愛いな」とか聞こえた気がするんだけど、幻聴かな？　ますます顔が上げられない。

「理玖？」

「う、うん」

会話が途切れると、鍋がぐつぐついってる音だけが大きく聞こえる。そ、そうだ。煮えちゃう。肉が固くなる！

「たっ、食べよう。たくさん食べて！」

「……そうだな」

ふっと笑う顔はまた壮絶に艶っぽいというか、色気ダダ漏《も》れで、またかーっと僕の内部温度が上がった気がした。

そっかそっか、瑛司さんは暖かい家庭に飢えてたのか。手料理とか、なんでもない挨拶とか、そういうのが貴重っていう気持ちは僕にもわかる。僕も自分だけの居場所が欲しいって、心のどこかでずっと思ってたし。

「お節料理、手作りすればよかったかな……作ったことないけど」

「いまどき自分で作る家庭は少ないんじゃないか」

「でも一部とかなら頑張れば……」

「理玖は十分よくやってるよ」

そうかな。そうだといい。よし、明日のお雑煮は張り切って作ろう。その前に年越し蕎麦だ。ちゃんとその分の胃は空けておかないと！

一応瑛司さんにも注意してもらって、大晦日の晩餐《ばんさん》は終わった。少し休んで、普段じゃ絶対食べないくらい遅い時間に年越し蕎麦を食べた。

瑛司さんはこれもあんまり経験がなかったみたい。母親はそういうことをしない人だったし、父親はそのうち一人で外へ食べに行くようになって、結局別居して離婚に至ったみたい。

テレビをつけると、除夜の鐘が鳴ってた。外は寒そうだけど天気はよくて、全国的に崩れているところはないらしい。

「ねぇ瑛司さん。初詣行かない？」

「初詣か」

「まさか行ったことない……なんてことは……？」

なかにはそういう人がいるのは知ってる。習慣だからね。ホームにも、そういう子たちはちらほらいた。宗教的な理由でっていう親もいた。

瑛司さんは苦笑して、少し遠い目になった。

「さすがにあるよ。記憶している限りで二回。子供の頃、父親に引っ張って行かれた」

「別に主義があって行かないわけじゃないんだよね？」

「ああ」

「じゃあ行こうよ。僕も夜中に行くのは初めてなんだ。近くの神社でいいし」

駅と家の往復ばかりで、自分が住んでる街なのにどこになにがあるのかあまり知らない。でも神社の一つや二つ徒歩圏内にあるはず。

瑛司さんが行きたくないなら、仕方ないけども。

「行ってみるか」

「やった」

僕が部屋にコートや手袋を取りに行ってるあいだに、瑛司さんは一階の戸締まりをチェックしておいてくれた。火を止めたことも確認して、床暖房だけつけていくことにした。

外へ出ると思ってたよりも寒かったけど、もこもこのマフラーもしたし、帽子も被《かぶ》ったし、防寒対策はバッチリだ。

「こんな夜中に外歩くの初めて」

「真面目だな」

「用事がなかっただけだよ」

意味もなく夜の街をふらつくほど暇じゃないし、余計なトラブルに巻き込まれるだけだろうし。後は僕の行動で施設に迷惑かけたくないってのもあったし、下の子たちの手本にならなきゃっていう気持ちもあった。

最近楽だなって実感するのは、きっとそういうことから解放されたからなんだろうな。

「結構人がいるんだな」

「だね」

瑛司さんが知ってる神社が近づいてくると、参拝客らしい人の数が増えてきた。僕は知らなかったけどそれなりに有名なところらしい。

最寄り駅からは五分、家からだと十分くらい。この界隈《かいわい》に来るのは初めてだから右も左もわからなかった。

神社に近づくにつれて人は増えて、鳥居をくぐって境内に入るともう人混みっていってもいいくらいになった。

穴場でもなんでもないよ、これ。近所だからって舐《な》めてた。

「はぐれそう……」

しっかりついていかないと距離ができそうだけど、まぁ見失うことはないだろうなって思う。だって瑛司さんは頭一つ抜けてるし目立つ。だから「はぐれそう」なんていうのは言葉通りじゃなくて、それだけ人が多いっていう意味だった。

なのに瑛司さんは僕を見た後、いきなり手をつかんできた。

「えっ」

「迷子防止だ」

そう言って僕の帽子——つばの付いたキャスケット——を少し下げた。視界は悪くなったけど、逆に言うと僕の顔もまわりから見づらくなったってことだ。

たぶんだけど、変には思われないと思う。コートで体型とかわからなくなってるし、もともとマフラーで口の近くまで隠れてる上に帽子が目のあたりに影を作ってる。境内は照明があるとはいえ当然昼間みたいな明るさじゃないしね。うん、大丈夫。

奉

動揺しながらも少しは余裕が出てきて、瑛司さんの手を握り返した。

なんで手袋しちゃったんだろう。いまさら外すのもおかしいけど……。

手を繋いだ状態で普通に会話するのは難しくて、結局お参りが終わるまでお互いに黙ってた。でも気まずい雰囲気にはならなかったよ。

お参りをする寸前に手が離れていったから、僕は手袋を外してポケットに突っ込んで、手を合わせた。ずらっと列ができてるからか作法——二礼とか二拍手とか——は省略してる参拝者が多くて、僕もそうした。作法が正確に思い出せなかったっていうのもある。

最前列から脇へ外れると、当然のようにまた瑛司さんが手を握ってきた。今度は素手だから、意外と温かい手の感触がダイレクトに伝わってくる。

恥ずかしい。けど離したくはなかった。

「少し遠まわりして帰るか」

「いいけど、なんで？」

「夜の散歩は初めてなんだろう？　満喫しよう」

どうせ明日は予定もないし、何時に起きても問題ないし。って言われて、確かにそうだと納得した。なんなら寝るのは明け方だっていい。それで昼頃起きてもかまわないわけだ。

今日は一年のうちで一番、夜更かしする人が多いはず。だったら僕らもそれでいいのかもしれない。

「深夜のファミレスとか行ったことある？」

「あるよ」

「行ってみたい」

ちょっとした冒険をするような気分で言った。だめならだめでいい。どうしてもっていうわけじゃないんだ。

「一年の始まりがファミレスか。まぁ、それも面白いか」

瑛司さんは少し呆れながらも連れて行ってくれた。ドリンクバーの飲みものを一杯飲んだだけで帰ってきたけど、非日常感があって楽しかった。

結局寝たのは三時過ぎだった。


お正月は初詣を三回もして、子守に二日費やして、後は本読んだり映画を観たりして過ごした。

三日連続で行ったら、もう二回目以降は初詣じゃない気がするんだけど……まぁいいか。

とにかく二日目は篤郎が家まで迎えに来て、少し遠出をした。日本でも屈指の参拝客を誇るお寺に行って、へとへとになって帰ってきた。人混み辛い……。

で、三日目はホームの近くの小さい神社。一番人が少なかったよ。ここは毎年行ってたところだから安心感が半端なかった。で、一泊二日で子守とか掃除とか料理とかして、やっぱり疲れ切って帰ってきて、四日目はだらだら半分寝て過ごした。

まぁそんなこんなで大学が始まって、後期試験もなんとか乗り越えた。単位全部取れてほっとしたよ。だって僕にとっては大学での初めての試験だもん。二年分の記憶がないっていうハンディもあったしね。

「なんかもう、自由ーっ……て感じがする」

試験明けの解放感は中学のときから知ってるけど今回は格別だった。学校帰りのコーヒーショップでいろいろ噛《か》みしめて遠い目をしちゃったくらいだ。甘いラテをごくごく飲んで、思い切り息を吐き出す。感慨深い。

「再試もなさそうだし。理玖もだろ？」

「うん」

絶対とは言えないけども、ほぼ大丈夫だと思ってる。

「あのさ、突然だけど旅行しねぇ？」

「旅行かぁ」

僕には馴染《なじ》みのないものだった。修学旅行くらいしか経験がない。母親が生きてた頃も生活がギリギリだったせいで旅行なんてしたことなかったし。

いいかもしれない。せっかく長い休みなんだし、アルバイトの予定もない。本当はしようと思ってたんだけど、瑛司さんから記憶喪失中なのを理由に止められてしまった。まぁね。突然戻る可能性もあるわけだから、目を離したくないんだろうなって納得した。

「あ、でも奨太の受験が終わってからでいい？」

「え？」

「一緒に行くかどうかは聞いてみないとわからないけど、とにかく終わるまで待って。受験生置いて旅行するのは、ちょっとね」

気分的な問題だ。奨太は気にしないだろうけどね。

「お……おお、そうだな。でもあいつは余裕そうだけどな」

「まぁね」

奨太は成績優秀だし、本番にも強いタイプだ。模試の結果もいいし、落ちることはないんじゃないかな。当日、体調を崩すとかでもない限りは。

行くとしたら三月のなかば過ぎってことに決めて、篤郎とアミューズメントパークで何時間か遊んでから別れた。

久しぶりにちゃんとご飯を作ろう。ここ何日かは超手抜きで、前に作って冷凍しておいたシチューとかハンバーグとか、そんな感じだったからね。瑛司さんは手作りなんだから手抜きじゃないって言ってくれたし、気を使ってデリバリーにしてくれたりしたけども。

よし、鍋にするか。今日は寄せ鍋だ。瑛司さん、実は好きみたいなんだよね。晩ご飯はなにがいいか聞くと鍋っていう確率が高い。たぶん、家族と鍋を突くっていうスタイルが好きなんだと思う。

可愛いよね。本人には言えないけど。

そんなわけで材料を仕入れて帰って、ご飯の支度をして待ってると、ほぼ予告通りの時間に瑛司さんが帰ってきた。

具材はあらかたキッチンで煮て、ＩＨの卓上コンロに移してある。

「海鮮か」

「うん。ホタテとエビと、牡蠣と鱈《たら》。あとちょっとだけカニ」

「美味そうだ」

食事を始めてすぐは鍋の具材の話で盛り上がってたんだけど、そのうち試験が終わったことを思い出したらしくて、手応えを聞かれた。

「たぶん、全部大丈夫だと思う」

「そうか。頑張ったな」

「……うん」

自分でも頑張ったなって思う。記憶をなくして、それに折り合いをつけて、休学しないって決めてから約半年。高校二年生がいきなり大学生になっちゃったんだから、知識がゼロになった以上に精神的に大変だった。地味にストレスも溜まったし。もちろんまわりの人たちのフォローなしでは無理だった。

そのあたりを瑛司さんはちゃんと理解してくれてる。言葉は少ないけどちゃんと伝わってきた。

まぁ正直、詰め込むだけ詰め込んでそのうち忘れるような部分もあるのは事実だけどね。試験前の一夜漬けはある程度仕方ない。

「これでまた記憶が戻ったら、今度は半年分の努力が無駄になっちゃうのかなぁ」

「それは……なんとも言えないな」

だよね。お医者さんもケースバイケースって言ってたし。ただ記憶が戻ると、なくしてたあいだの記憶は失われることが多い、とは聞いた。

だとしたら、こうして瑛司さんと仲良くなったことも忘れちゃうのかもしれない。そうしたら、篤郎とか奨太から聞いたみたいに、僕のなかには苦手意識だけが戻ってきてしまうのかもしれない。

それは嫌だなぁ……。

「理玖?」

「あ……うん、記憶戻っても、いまのこと覚えていられたらいいな、って」

瑛司さんは虚を突かれたような顔をした後、少し寂しそうに目を細めた。

「そうだな。そうだといい」

なんだかしんみりしちゃって、その雰囲気のまま食事が終わった。片付けをして、いつもみたいにコーヒーを淹れてもらって、普段よりは少し早い時間にリビングを離れた。

明日はなんの予定もない。篤郎は明日から母方の親戚の家へ行くことになったたって言ってた。法事のついでに、いろいろ手伝わされるとかなんとか。

僕は掃除くらいしかすることがない。それともお菓子作って、奨太の陣中見舞いでもしようか。

つらつら考えながら風呂に入って、フリースのパジャマを着る。これは去年の誕生日に篤郎がくれたやつらしい。って、奨太から聞いた。

髪を乾かしてからリビングに顔を出すと、瑛司さんはテレビを観てた。あ、違う。映画だった。海外の、ちょっと時代がかったやつ。

「お風呂、空いたから」

「ああ」

ペットボトルの水を持って、空いたソファに座った。

「字幕がない……」

さすがの語学力。思わず呟いたら瑛司さんがくすって笑った。

「相変わらず可愛いパジャマだな。小動物みたいに見える」

「篤郎が去年くれたみたい。暖かいから」

ついでに肌触りもいいんだ。ふわもこ、って感じで。

「へぇ……篤郎がね」

なんだかちょっと声が低くなった？　まじまじと瑛司さんを見つめると、なんでもないって普段通りのトーンに戻った。

仲良くないのは知ってたし、篤郎はいつも噛みついてるけど、瑛司さんのほうはもっと無関心に近いんだと思ってた。違ってたのかなぁ。

「あいつ、明日から母方の法事だとか言ってたよ。えっと、どこだっけ」

「新潟《にいがた》じゃなかったか」

「あ、そうだ。豪雪地帯だから、雪下ろしを手伝わなきゃいけないんだって」

親戚の人は結構年がいってて、しかも腰を悪くしちゃったらしい。篤郎は貴重な労働力と見なされてるとかなんとか。まぁ体力はあるもんね。

「新潟かー……僕まだ日本海って見たことないなぁ」

修学旅行は中学が京都《きょうと》で海側には行かなかったし、高校は北海道《ほっかいどう》だった。うちは海外に行くような学校じゃなかったからね。本当は小樽《おたる》にも行ったから見てるはずなんだけど、その記憶は僕にはない。

修学旅行は二年生の秋だったからだ。

「日本海側もいいかも」

「うん？」

「あの、篤郎に旅行しないかって言われてて。どこがいいかなーって」

有名な街とか名所とかは知ってるけど、行きたいっていう気持ちはあんまりない。むしろなにか食べたい、っていうほうが大きいかも。

瑛司さんにお勧めを聞こうとして顔を見て、思わず言葉を飲み込んでしまった。

眉間に皺が寄ってるし、目つきも心なしか鋭い気がする。急に不機嫌になっちゃうくらい、篤郎の話題ってだめだったっけ？　いやでも、いままではそうじゃなかったよね？

記憶をなくす前の僕が瑛司さんを苦手って言ってた理由が、あらためて理解できた。それくらいにいまの瑛司さんは怖い。

固まってる僕に気付いたらしい瑛司さんは、我に返ったみたいに表情を戻して――戻りきってはいけど――、なにか言いたそうな顔をした。少し困惑が見えた。

「あの……僕、なにかまずいこと言った？」

「まずいというか……すまない。あまりの危機感のなさに……つい……」

瑛司さんにしては歯切れが悪かった。まるで疲れたみたいに溜め息をついて、困った子を見るような目を向けられる。

危機感の意味を聞くべきなんだろうか。

「保護者としては反対だ」

「はい？」

「篤郎が君に対してどういった感情を抱いているか、知ってるんだろう？　まさか気付いていないとは言わないよな？」

「な……なんで、それ……」

告白されたことは言ってないはず。うん、そのはずなんだけど……。

「篤郎の態度を見ていればわかる。君に対するものというよりは、俺に対してのものだな。以前、篤郎のことで悩んでいたことがあったな。あれは告白されたからじゃないのか？」

声も出なかった。なんでそこまでわかっちゃうんだろう。洞察力がすぐれてるのか勘がいいのか不明だけど、ここまでくると怖くなってくる。なんでも見透かされてるんじゃないか、って。

口をはくはくさせてると、瑛司さんは大きな溜め息をついた。

「篤郎を好きなわけじゃないだろう？」

「……友達としてなら」

「だろうな。だが向こうは君のことを好きなんだ。そんな相手と旅行をするだと？」

ああ、これが危機感のなさ、ってことなのか。本気か？　馬鹿じゃないのか？　って責められてる気持ちになってきた。

「で、でもあれから……断ってからは、全然そういうこと言わないし、しないし……」

「見せないようにしているだけだ」

「だとしても篤郎は大丈夫だと思うんだけど……」

「なにが大丈夫なんだ。確かにあの年にしては理性的に振る舞ってはいる。君の気持ちを慮《おもんぱか》るやつでもある。でもまだ十代の男なんだぞ。頭のなかは邪《よこしま》な思いでいっぱいだ。一緒にいるのが昼間だったり外だったり、ほかの人間がいるから耐えられてるが、二人きりで夜を迎えたら理性が負けたって不思議じゃない」

きっぱり断言されて、ほんの少しだけ反抗心が生まれた。だからってどう言い返したらいいのかわからなくて、気がついたら妙なことを口走ってた。

「僕だって男だし」

「無理矢理ことに及ばれたら、抵抗しきれないいんじゃないか？　多少手こずるだろうが、持久戦に勝てるとは思えない。息切れした隙に縛られでもしたら終わりだ」

「まさか……」

半笑いになってしまったら、瑛司さんの表情がますます険しくなった。

「なにが『まさか』なんだ？」

「だって、そんな……僕相手に……」

篤郎の恋愛感情を否定する気はない。でも僕にその……欲情するなんて、ちょっと想像できないのも確か。顔はお母さん似だから男っぽさとかは感じないかもしれないけど、それ以外は男だからね。女の人みたいに柔らかくないし、胸だってない。ついてるものもついてる。裸見たら我に返るんじゃないかとも思うんだ。まして無理矢理どうこうなんて、あの篤郎がするわけないじゃん。

って意味合いを込めて瑛司さんを見たら、小さい舌打ちが聞こえた。

舌打ち⁉

「え……っ」

いきなり手をつかまれて、ぐいって引っ張られて、次の瞬間には瑛司さんの腕のなかにいた。っていうか抱きしめられてた。

固まってる僕の頭上から声が振ってくる。

「現にここに、衝動と戦ってる男がいるんだぞ」

「はっ……え？」

「毎晩毎晩、無防備に目の前をうろちょろされて、どんな拷問だと思ってたよ」

「ごごご、拷問って……」

顔を上げて、ものすごく久しぶりに瑛司さんの目をちゃんと見た。んだけど、目が合った瞬間に逸らしてしまった。

だめだ、直視できない。無理。動悸《どうき》が……。

「ずっと理性と戦ってたからな。我ながらよく耐えたと思うが、さすがに限界だ。待っていても落ちては来ないんだと理解したし、想像以上に警戒心はないし」

声が耳元に近づいてきて、息がかかる。ざわざわする感じが這《は》い上がってきて、自然と手を握り込んでしまった。

「理玖」

「ひゃいっ」

あぁ、噛んだ。「はい」もまともに言えないくらいに僕は動揺してるらしい。だってもうさっきから頭が上手くまわってない。

頬《ほお》に大きな手が触れてきて、心臓がさらに跳ねる。自分の鼓動が聞こえるくらいドキドキして、もう口からいろいろ飛び出してきそう。

今度は両手で頬を挟まれて、そっと正面を向かされた。む、無理、目なんて合わせられない。

「好きだ。いや、愛してるというのがより正確か」

勘違いしようもないことを言われて、僕はぽかんと口を開けて、恥ずかしさすら忘れ去って瑛司さんの顔を見つめた。

「身内としての愛情じゃないぞ。もちろんそれもあるんだが、いま俺が言ったのは恋愛感情だ。当然、肉体関係も望んでいるが、君がどうしても嫌だと言うならプラトニックを貫く覚悟もある」

に……肉体関係、って……。なんか表現が生々しい。口調は冷静なんだけど、僕を見つめる目は嘘みたいに熱っぽかった。

大きな手で僕の顔を包みながら、指先がもっと深く……髪のほうまで差し込まれてくる。

目が泳ぐ。瑛司さんが僕に愛してるって言った？　恋愛感情とも言った？　こ……告白？　告白されたんだよね？

身体中の熱が顔に集まったんじゃないかと思うくらいに熱い。きっと赤くなってる。篤郎に好きだって言われたときは、こんなふうにならなかったのに！

どうしよう。気付いてしまった。瑛司さんに言葉をもらって、抱きしめられて、いきなり雄弁になった目を見た途端、僕のなかにあった感情の正体を知ってしまった。

好き……だったんだ。僕は瑛司さんのことを、そういう意味で好きになってた。

抱いていたものは恋心だったらしい。瑛司さんに対して感じてたいろいろな感情や反応も、それだったんだと納得した。

「手応えは感じてるんだが、うぬぼれか？」

「う……うぬぼれじゃ、ない……」

僕の気持ちなんてとっくにお見通しだったみたいだ。自信たっぷりの瑛司さんにちょっと悔しくなるけど、そんなものはあふれてくる感情に押し流されてしまう。

嬉しいっていうのが一番大きい。ぽかぽかするような温かい気持ちに、どこまでも舞い上がっていっちゃいそうな高揚感が混じって、いまだって地に足がついてない感じ。あと少しだけ怖じ気づいてもいる。だってこんなこと考えてもいなかった。予想外どころか、頭を掠《かす》めもしてなかったんだ。

どうしよう。どうするべき？

瑛司さんは嬉しそうに笑って、するっと僕の頬を撫でた。

「こんな感情を抱くのは初めてなんだ。いちいち可愛くて仕方ないし、愛《いと》おしくてたまらない。で、抱きたいとも思っている」

抱く……。つまり、あれだ……セッ……うん、そう……だよね。男同士でもできるのは知ってる。情報過多な世のなかだから、興味なくたってその程度のことは入ってくるよ。

ああ、そうなんだよね。恋愛関係になるって、そういうことも含まれるわけだよね。それでもって、僕がされるほうなんだ。いや、うんそうかなって思うよ。だって僕が瑛司さんをどうこうって想像もできない。っていうか無理。

だからって、はいどうぞ、って言えるわけでもなかった。

「でも……男同士だよ。いいの……？」

「よくないと思う理由は？」

問い返されて、一瞬言葉に詰まった。

お互いの気持ち、ベクトルが一致してる。嫌悪感、なし。倫理感、同性間の恋愛に関しては特に発動しない。世間体、現状僕が困ることはない。親、いない。うるさい親戚、近い関係の人たちはいない……っていうか、ろくに名前も知らない。親しい相手……奨太は納得してくれそう。

うん、障害なし。あるのは篤郎のことくらい。それと瑛司さんの立場。

「瑛司さんは困らない？」

「うちの会社はコンプライアンスがしっかりしていて、LGBT《エルジービーティー》に関しても理解がある。カミングアウトをしている社員もいるし、それが理由で不利になることもない」

社内規定でそうなってるんだって。導入された当時は講師を招いて講演もあったとか。さすが外資系って進んでるな。会社にもよるんだろうけど。

だとしたら問題は一点だ。

「……篤郎に、なんて言えば……」

「それは理由にならないな」

「え？」

「後ろめたいと思う必要もない。すでに付き合ってるとか、気を持たせて保留にしているとかいうなら別だが、理玖はきちんと断ってるんだろう？　裏切ったわけでも、不誠実な真似《まね》をしたわけでもないんだ」

「それは……まぁ」

「理玖の気持ちが、たまたま俺に向いてくれたっていうだけのことだよ」

たまたま、ではないと思う。そこは一応言葉にした後、僕からも告白しようとして、ふと思い出した。

忘れちゃいけない大きな問題があった。

「もし、記憶が戻って、忘れちゃったら……」

瑛司さんを好きだっていう気持ちも、一緒に暮らした思い出も、全部真っ白になってしまったら、どうしよう。だってこれは起こりうることなんだ。もちろん一生記憶が元に戻らないことだってあるけども。

だったらこのままでいいよ。このままが、いい。この気持ちを忘れてしまいたくなんかない。

不安な気持ちが顔に出てしまったみたいで、瑛司さんはもう一回僕の顔を両手で掬《すく》い直した。

「そのときはもう一度好きにさせてみせるから、心配しなくていいよ」

「瑛司さん……」

この人が好きなんだって、また思った。愛しいって言葉の感覚を、生まれて初めて理解した気がした。ずっとこの人を見ていたいし、声を聞いていたい。そばにいたくて、触れたくて、喜ぶ顔を見ていたい。望まれたらなんだってしてしまいそう。

「好き……僕も、瑛司さんが好き」

でもそれだけじゃない。このまま僕だけ見ていて欲しいし、この人の全部が欲しいと思う。

恋ってきっと綺麗なだけじゃないんだよね。だって欲みたいな強烈な感情が、ほわほわした気持ちと一緒に僕のなかにある。

綺麗に笑った瑛司さんが顔を寄せてきて唇が重なる。

初めてのキスだ。小さい子供がキスしてきたことは何度かあったけど、好きな人とするちゃんとしたキスは初めてだった。

だからどうしたらいいかわからない。唇を何回も啄《ついば》まれて、舌で舐められて……かと思ったらちょっと強引になにかが……って、舌しかないんだけど、それが入ってきてびっくりしてしまった。

びくっとして腰が引けたら腕がまわって引き戻されて、前よりも密着する形になった。キスしながら腰を撫でてきたけど、慣れてる感じがしてちょっと悔しかった。経験があるのは当然ってわかってるのに、嫌だなって思ってしまった。

そんな気持ちも、キスがすぐにどっかへ押しやってしまったけども。

「ふ、ぁっ……」

舌先で口のなかを舐められて、ぞくぞくってしてた。嫌な感じじゃなくて……むしろ気持ちよくて、頭のなかがふわふわしてくる。

気がついたらソファに寝転がってて、息もできないくらい激しいキスをされてた。

押し倒されたっていうわけじゃなくて、抱きしめられたままゆっくり寝かされたんだと思う。だって本当にしばらく気がつかなかった。

「ん、んっ」

服のなかに手が入ってきてたことも、いま気がついた。まさかそういうこと？　いきなり？　だっていまさっき気持ちを確かめ合ったとこなのに？

順番は間違ってないけど……告白して、キスして……でも、まだ五分もたってない。

待って、って言おうとしてもできなかった。死にものぐるいで抵抗すればなんとかなるんだろうけど、そこまでの気持ちも湧《わ》いてこなくて。

そうこうしてるうちに、だんだんと思考力が鈍くなってきた。とろっとした液体のなかに沈み込んでいくような感じで、現実感があるんだかないんだか、よくわからない。

胸を触られて、最初はくすぐったいような、でもちょっと違うような、かなり微妙な感触で、そのうちじわじわ変な感覚が深いとこから這い上がってくる感じがしてきた。

「ぁ、ん」

鼻から甘ったるい声――のような息のようなものが漏れたとき、これって気持ちがいいんだって頭が理解した。

一度そう思ったら刺激は全部快感になって、指先までそれが肌を伝っていった。

相変わらず唇は塞《ふさ》がれたままだ。頭がぼんやりするのは気持ちいいのもあるけど、酸欠も理由の何割か、って気がする。

全然もう力が入らない。そこまでされてようやく唇が離れていって、万歳するみたいにして服を脱がされた。

「いまさらなんだが……抵抗しないんだな」

「だ……だって、恋人……だし」

嫌じゃないし。って小さく付け足したら、瑛司さんは目を細めて笑った。表情が固めだと近づきがたいくらいきつい印象なんだけど、笑うとすごく優しげになるんだ。

僕だけのものだったらいいなって、どんどん欲深くなる。

「そういうところも可愛いんだ」

「あっ……」

さんざん指で弄《いじ》ってたところに今度は吸い付かれて、跳ねるみたいにして身体が震えてしまった。

ちゅっと音を立てて吸われたり、舌先——たぶんそう——で舐められたり、飴玉《あめだま》を転がすみたいにされたり、あと軽く歯を立てられたりもした。

反対側も挟むようにしてコリコリ弄り始めるから、僕の身体は勝手にソファの上でくねるような動きをしてしまう。

まだするのってくらい、延々とそこを弄られた。

神経が全部胸に集まっちゃってるみたいだ。ジンジンしてきて、気持ちいいんだかむず痒《がゆ》いんだか痛いんだか、よくわからなくなってしまった。

時間の感覚もあやふやで、ふわっとした浮遊感が来ても僕はぼんやりとしたままだった。後になって気付いたけど、瑛司さんの部屋のベッドに移動してたらしい。僕はすっかり裸で、目の前で瑛司さんが服を脱ぐのをぼーっと眺めてた。

なんかすごくいい身体してる。まぁ服の上からでもわかってたことだけど。男らしくて綺麗で、ちょっと触ってみたくなった。

無意識に手を伸ばしかけて我に返った。幸いなことに瑛司さんは気付いてなかったみたいでほっとした。

「どうした？」

「なんでもない……ちょっと、緊張してて……」

それも嘘じゃなかった。だって初めてなんだよ。緊張しないほうがおかしい。

部屋のなかは薄暗くされてて、辛《かろ》うじて顔がわかるくらいだった。きっと気を使ってくれたんだと思う。

瑛司さんはものすごく熱っぽい目をして覆い被さってきた。

もう一回キスされて、また僕はとろんと思考が鈍くなっていく。さっきよりは上手くできてるかな。少なくとも息苦しくはならなかった。

また胸を弄るのかって思ったら、今度はお腹《なか》とか脇腹とか腰とか撫でられてる。でもその触り方が、なんていうか……エロい。そういうことしてるんだから当然なんだけど。

「ん……う、っん」

腿《もも》の外側を滑っていった手が、膝のあたりで内側に入ってきてそのまま上がってきた。ざわざわした震え——たぶん快感が来て思わず声が出てしまう。

「色が白いな」

「そ……そう？」

「触り心地もいい。ずっと触っていたくなるな」

恥ずかしい！ そんなこと、こんなときに言われるのって、ものすごく照れる。けど、褒めるところがあってよかったとも思った。だって身体に自信なんかないし、瑛司さんと比べちゃったら貧相だし見せられたものじゃないから。

「こっちも、綺麗な色してる」

「あ……あっ、ん」

あれを触られるのはわかってた。エッチするんだからもちろん覚悟してた。けど、人に触られるのがこんなに気持ちいいだなんて知らなかった。

自分でも少しはしてた。健康な男子なんだから当然。でもたまにだったし、どっちかといえば淡泊なほうで、つまり経験は少なかった。

なのに……恥ずかしいほど反応しちゃってる自分がいる。さっきから声が抑えられない。瑛司さんが上手いのが悪いんだ、きっと。

「ああっ、や……ぁあ……んっ」

ゆるゆると扱《しご》かれたり根元を揉まれたり、先端を軽く虐《いじ》められたり。なにされたって気持ちがよくてたまらない。

もうイキそう、って思ったとき、先のほうをぬるっとしたもので撫で上げられた。

「ひっ……」

とっさに背中が浮き上がりそうになった。いまのは指じゃない。さらに温かいものに包まれて、わけわかんない刺激を与えられて、僕は半泣きになりながらシーツに爪を立てた。

「な、に……あ、ぁあっん」

またさっきの甘い刺激が襲ってきて、みっともない声が出る。閉じてた目を恐る恐る開けて、僕は飛び込んできた光景に息を飲んだ。

くらくらする。だってまさか、瑛司さんが僕のあれを口でしてるなんて思わなかった。そういう行為があるってことは知ってた。けど、自分のこととしては想像もしてなかったんだ。

「やぁっ、ダメ……離し、てっ」

舌が絡んで、僕の声はどうしたって上ずってしまう。だって気持ちいい。だめだって思っても感じてしまうのは止められなかった。

瑛司さんの頭に両手を伸ばしたけど止めるほどのことはできなくて、髪をかき乱すような動きをするのが精一杯だった。

腰とか腿とかがびくびく震える。手でされるよりもずっと気持ちよくて、そこから溶けていきそうになる。

そうして手と口で追い詰められて、僕は初めて他人の手でイッてしまった。

「あ、あぁっ……！」

強烈な絶頂感。自分でしたときとは比べものにならなかった。仰《の》け反《ぞ》って悲鳴みたいな声を上げて、両手もまたシーツに落ちて――。

余韻はなかなか抜けていかなくて、少しのあいだ放心状態だったんだと思う。そこから引き戻されたのは、とある場所に違和感というか異物感というか、とにかく知らない感覚に見まわれたからだった。

「い……や……」

身体のなかに異物が入ってきてる。ぐちゅぐちゅと湿った音を立てながら動いて、そのたびにあやしい感覚が僕を侵食していく。

「痛くないか？」

「ない……けどっ……」

指だって気付くのはすぐだった。瑛司さんの指が、僕のなかに入ってる。丁寧だけど容赦ない動きで、僕を犯していた。

男同士なんだから、繋がるんだったらそこしかないのはわかってたけど……けど、実際触られると頭が真っ白になる。

もう完全にキャパオーバーで、なにをどうしたらいいのかわからない。ただ声を上げて、ぐちゃぐちゃになりながら翻弄されるしかなかった。

後ろに入った長い指は最初は違和感しかなかったのに、すぐに馴染んで別の感覚が生まれてきた。何度も何度も指は出たり入ったりして、広げるみたいにしてぐるっと動いたりもして、気がついたら腰が揺れてた。

「やっ、あ……嘘、なんで……」

まるで自分から強請《ねだ》ってるみたいで恥ずかしい。初めてでこんなのドン引きされちゃうんじゃないかと思って泣きそうになってたら、目元に宥めるみたいなキスをされた。

「反応が素直で可愛い」

瑛司さんはなんでも可愛く見える病気なのかもしれない。でも引かれてはいないみたいでほっとした。

曲げた膝の内側もキスされて、そのまま膝頭が胸に付くほど深く折られた。

「あ……」

指が引き抜かれて、代わりに固いものが押し当てられる。いよいよなんだって思ったら緊張してきて、それを解《ほぐ》すためにまた時間と手間をかけさせる羽目になってしまった。

あちこち触られて気を逸らされて、気持ちよさに力が抜けたところへゆっくり瑛司さんが入ってきた。

痛い、けど……それは覚悟してたほどじゃなかった。それより広げられることの怖さっていうか、どうなっちゃうのかわからない不安感とか異物感とかのほうがひどい。

「ゆっくり、息を吐いて」

言われた通りにしながら、じりじりと入ってくるものを受け入れる。少しずつ、少しずつ、結構な時間をかけて繋がっていくあいだ、瑛司さんの手が何度も僕を撫でてくれた。

唇にキスされて、目を開けた。

瑛司さんが僕を見下ろしながら、頑張ったね、って言うみたいに髪を撫でてる。

無意識にお腹に手を当てて、急にまた恥ずかしくなってしまった。ここに瑛司さんが入ってる。そう思ったら目を合わせていられなくなった。

だって壮絶に色っぽいんですが！　どこからどう見ても雄《オス》って顔して、いやらしくて、でも格好いいとか、なんなの。

「ヤバいな」

なにが？　って目で問いかけるためにもう一度勇気を出して瑛司さんを見たら、蕩《とろ》けそうな目をして僕を見てた。

「もう限界だ」

「え？」

いきなり腰を動かされて、ぞくぞくしたものが背筋を走り抜けた。引き出され、押し込められるたびに、僕は耐えきれずに声を上げる。

前もまた弄られて、なかを擦《こす》り上げられもして、身体がどうしようもないほどに熱くなった。

「え、あ……やっ、あ！」

「やぁあっ、そこ……やっ、あ、あぁっ」

瑛司さんのもので突き上げられた瞬間、おへそのあたりがぎゅうっとした。頭のてっぺんまで快感が走り抜けて、目の前がチカチカした。

同じところを何度も責められて、逃げ出したくなるほど感じさせられる。

泣きながら瑛司さんに縋《すが》り付くと、それまでよりも激しく穿《うが》たれて、僕は喘《あえ》ぎ声を上げることしかできなくなった。なにか言ったかもしれないけど、意味はなしてなかったと思う。

乳首を噛まれて、また泣かされた。

「やだっ、そこ……気持ち、い……っ、や……だっ」

「どっちなんだ」

くすり、って笑われた。どっちもだよ。気持ちいいから、嫌なんだってば。よすぎておかしくなるからだよ。

親切なのか虐めてるのか、瑛司さんは弱いところをゴリゴリ責めてきて、僕はひたすら泣きじゃくって恥ずかしい様を晒《さら》した。

もうダメ。いっちゃう。

「理玖……」

掠れた声で呼ばれたら、もうひとたまりもなかった。

「あぁぁ……っ！」

広い背中に爪を立てて、がくんと仰け反る。噛みつくようなキスを喉元にされたとき、このまま食い殺されてもかまわないって思った。

瑛司さんにだったら、なにされたってかまわない。

僕のなかで瑛司さんもイッたみたいで、漏れた吐息がものすごく艶《つや》っぽかった。

甘ったるい蜜のなかで延々と快感を流し込まれてるみたいで、身体が痙攣《けいれん》し続けてる。意識が半分飛んだみたいだった。

なかなか息が整わない。まだ気持ちがよくて、ときどき小さく声がこぼれる。

「ひぁうっ」

つうっと脚を撫でられて、またイキそうになった。撫でられただけなのに、全身が怖いくらいに敏

感になってる。

胸にキスされて、強く吸われて、壊れたみたいに僕は声を上げた。軽く噛まれると瑛司さんを飲み込んだところがきつく締まって、それが瑛司さんに力を取り戻させていく。

あっという間にそれは僕のなかで大きくなった。

「こんなのは初めてだな。ガキみたいで笑える」

「あ、ぁんっ、や……も……無理っ」

「悪い。こっちも無理だ」

やめられないって宣言して、瑛司さんはゆっくりとまた突き上げてきた。

ようするに僕の恋人になった人は優しいケダモノだった。ってことを、嫌というほど教えられた夜だった。


考えてみれば、瑛司さんだってまだ二十代なかば。まだまだ枯れるには早い年で、しかも本気で好きになったのは僕が初めてらしい。

じゃあしょうがない、ってつい納得してしまった。初めての夜に三回もしたり、昼まで死んだように眠った僕をその夜また同じように泣かせたり……も、仕方ないのかなって。いや、どうかとも思うけどね？

とにかく瑛司さんは想像以上にエロい人だった。スキンシップも激しいし、言葉も行動も惜しまないし。

瑛司さんに言わせると、僕のほうがエロいらしい。絶対嘘だ。そんなわけない。僕をいちいち可愛く感じるのと同じで、恋人フィルターのせいでそう見えるだけなんだと思う。

で、瑛司さんと恋人同士になったことは、奨太にも、もちろん篤郎にも言わないことにした。ずっと秘密にするってことじゃなくて、そのうち……タイミングを計って打ち明けようかなって。

とりあえず、まずは奨太にだけ言おう。で、相談する。あ、もしかして向こうから探り入れてくるかもね。そうしたら下手に隠さないで正直に答えよう。

って思ってたのに、何ヵ月たってもなにも言われなかった。奨太のことだから気付いてても黙ってるのかもしれないけど。

そんなわけで季節はあっという間に移り変わって、春が来て過ぎ去って、夏になった。無事に二回生になった僕は平和に大学生活を送って、家では瑛司さんと新婚生活みたいな甘くて少し——ではないけど——爛《ただ》れた毎日を送っていた。

もう記憶は戻らないいんじゃないかなー、なんて暢気《のんき》に思ってた。というか自分が記憶喪失中だってことも、忘れてるときが多くなってた。

それって後から思えば「フラグ」だったのかもしれない。

瑛司さんの帰りが遅くなったある日。僕は久しぶりに自分の部屋で眠った。というか、瑛司さんの帰りを待ってようと思ってたのに寝落ちしてしまって――。

目が覚めたとき、僕の記憶は大学一年の夏に戻っていた。

なんの前触れもなく、約一年間の「記憶喪失中の僕」はいなくなってしまったんだ。

あとがき

なんと言いますか、時間（時期）的なことで何度も混乱を来した話でした。自分が。書いていて何度も「あれ？　二年？　いや、違う一年だ」みたいな……。どこが？　と思われる方もおられるでしょうが、そうだったんです。

というわけで、記憶喪失から復帰した子のお話でした。作中に出てきた外資系コンプライアンスの件は、知人が勤めている会社に準じております。話を聞いたときは「進んでるなー」と感心しましたよ。それ以外にもいろいろ興味深い社内の話を聞いているので、いつか役立てたらいいなと思っております。世知辛い話もいっぱい聞くけど、国際色豊かな職場ならではの面白い話も多いんで。

プロットの最初の段階では自称彼氏がさらに多かったんですが、すっきりさせるために減らして一人はオアシスになりました。

減らすと言えばですね、先日、無駄に場所を取り続けている不要物を処分しようと思い立ったわけです。開かずのトランクルームもありますが、まずは自宅から……と。明らかにもう着ない服だとか靴だとかは整理したんですが、ＤＶＤのたぐいはまったくの手付かずで、なんとなくこのまま放置になりそうな気がしてます。

買って以来一度も観ていないどころか、覆ってる薄いビニールみたいなやつを破ってもいないものがどれだけあるか……。とりあえず買うと満足してしまってそれっきりなわけです。かといって手放したくもないという。いや、なかには観てるものもあるんですよ。だから本当はきっと観てるやつだけ残して手放すのがいいんでしょうが、これがなかなか……。

これ以上増やしてはいかんと思いつつ、新たに**Blu-ray**版が出ると知ると予約ボタンを押したくなってしまって、現在必死で自分と戦っております。収集癖というよりは、作品に対する愛……いや心意気を自らに示したいだけのような気がしないでもない。

開かずのトランクルームにあるＤＶＤはもう処分してもいいんじゃないかな、とは思っていますが。それと最早再生機が手元にはないビデオテープとか。

という感じに断捨離な日々でございます。

さて、このたびの新書化にあたりイラストを描いてくださいました北沢《きたざわ》きょう先生。可愛らしい理玖《りく》に、格好よく大人の色気たっぷりの瑛司《えいじ》をありがとうございます。篤郎《あつろう》も奨《しょう》太《た》もイメージぴったりでした。カバーイラストも本当に素敵で、今から本の出来上がりが楽しみです。お忙しいなか、ありがとうございました。

雑誌掲載時にお世話になりました、みろくことこ先生にもこの場でお礼を申し上げます。

最後に、ここまでお付き合いくださいました皆様、ありがとうございます。ぜひまたお会いできますように。

きたざわ尋子《じんこ》

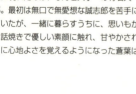

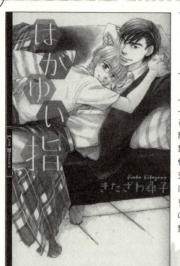

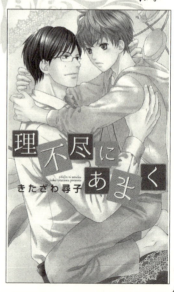

臆病なジュエル《おくびょうなジュエル》

きたざわ尋子
イラスト：陵クミコ
本体価格855円+税

地味だが整った容姿の湊都は、浮気性の恋人と付き合い続けたことですっかり自分に自信を無くしてしまっていた。そんなある日、勤務先の会社の倒産をきっかけに高校時代の先輩・達祐のもとを訪れることになる湊都。面倒見の良い達祐を慕っていた湊都は、久しぶりの再会を喜ぶがその矢先、達祐から「昔からおまえが好きだった」と突然の告白を受ける。必ず俺を好きにさせてみせるという強引な達祐に戸惑いながらも、一緒に過ごすことで湊都は次第に自分が変わっていくのを感じ…。

リンクスロマンス大好評発売中

追憶の雨《ついおくのあめ》

きたざわ尋子
イラスト：高宮 東
本体価格 855 円+税

ビスクドールのような美しい容姿のレインは、長い寿命と不老の身体を持つバル・ナシュとして覚醒してから、同族の集まる島で静かに暮らしていた。そんなある日、レインのもとに新しく同族となる人物・エルナンの情報が届く。彼は、かつてレインが唯一大切にしていた少年だった。逞しく成長したエルナンは、離れていた分の想いをぶつけるようにレインを求めてきたが、レインは快楽に溺れる自分の性質を恐れ、その想いを受け入れられずにいて…。

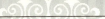

初出

昨日の僕にあなたは恋する	2019年 リンクス9月号掲載
明日の僕はあなたを求める	書き下ろし

この本を読んでの
ご意見・ご感想を
お寄せ下さい。

〒151-0051
東京都渋谷区千駄ヶ谷4-9-7
(株)幻冬舎コミックス　リンクス編集部
「きたざわ尋子《じんこ》先生」係／「北沢《きたざわ》きょう先生」係

リンクス ロマンス

昨日の僕にあなたは恋する

2019年12月31日　第1刷発行

著者……………きたざわ尋子《じんこ》
発行人…………石原正康
発行元…………株式会社　幻冬舎コミックス
〒151-0051　東京都渋谷区千駄ヶ谷4-9-7
TEL 03-5411-6431（編集）
発売元…………株式会社　幻冬舎
〒151-0051　東京都渋谷区千駄ヶ谷4-9-7
TEL 03-5411-6222（営業）
振替00120-8-767643
印刷・製本所…株式会社　光邦
検印廃止

ISBN978-4-344-84582-4 C0293
Printed in Japan

幻冬舎コミックスホームページ　http://www.gentosha-comics.net